不要努力成为一个成功者，要努
力成为一个有价值的人。
——阿尔伯特·爱因斯坦

嘿，朋友！

你可能和我一样，也注意到了，

这个世界由大人们掌控。

但是问问你自己：

谁能选出孩子们喜欢的书？

是的，答案是"孩子"！

希望你读完这本书后，会激动地竖起大拇指，

并且还想再来一本。

试着读一读这本书吧，

看看你是否同意我的看法。

（如果不同意，那你可能是个大人！）

天才少年爱因斯坦

冠军挑战赛 4

[美]詹姆斯·帕特森　　[美]克里斯·格拉本斯坦　著　　[美]杰伊·法巴雷斯　绘　　付添爵　译

CTS
湖南少年儿童出版社
HUNAN JUVENILE & CHILDREN'S PUBLISHING HOUSE
·长沙·
小博集
BOOKY KIDS

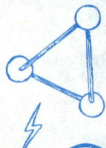

"谨以此书献给可爱的孩子们，你们是世界的未来，必将创造更加美好的明天。"

——詹姆斯·帕特森、克里斯·格拉本斯坦

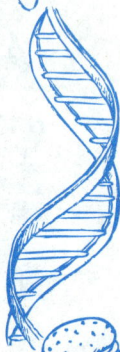

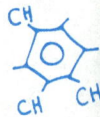

马克斯
性别：女

　　全名马克斯·爱因斯坦，酷爱物理学，会在想象中与爱因斯坦对话，思考如何将爱因斯坦的理论在现实生活中实验、运用，是解决地球难题的"天选之人"。

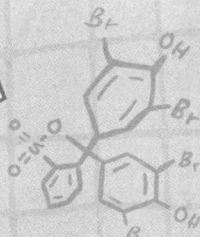

赞助人（本）
性别：男

　　一个富有的十四岁男孩，马克斯团队的背后支持者，为他们解决地球上的各种难题提供资金支持。

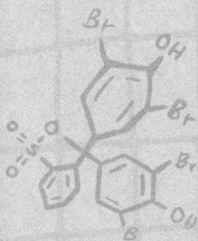

伊万诺维奇博士

奥卡梅诺斯蒂的首领，对马克斯以及 CMI 团队所做的事情深恶痛绝，认为他们做的事情影响了自身利益，试图瓦解 CMI 团队。

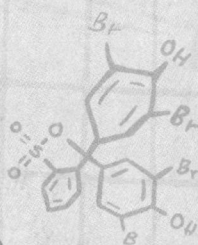

里奥
性别：男

"弃暗投明"的智能机器人，几近全能，为马克斯团队提供了很多帮助。

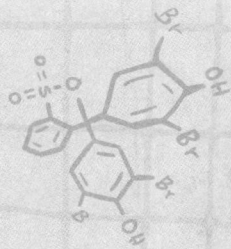

阿列克谢

　　一个来自俄罗斯的男孩，金发碧眼，带着些天真和稚气。同时，他还是一个"会讲故事的人"，受本的邀约加入 CMI 团队。

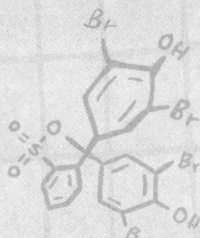

安娜

　　一个营销天才，热情活泼，热衷研究品牌管理和品牌资产最大化，视频账号内容非常好，受本的邀约加入 CMI 团队。

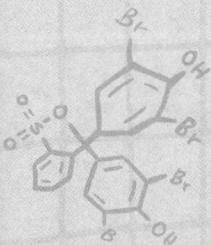

目 录

1

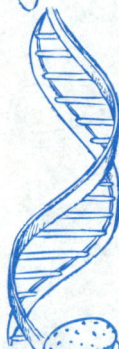

第一章 时间紧迫

马克斯·爱因斯坦跑过光滑的冰川表面，希望她穿着比她那件破风衣更暖和的衣服。

希望她能跑得更快些，那个鼓鼓囊囊的背包不要拖累她的脚步。

希望愤怒的神秘雇佣兵没有追杀她和西沃恩。

马克斯脚下的冰迅速融化，形成了一条条蜿蜒的蓝绿色溪流，这些溪流慢慢交汇，变成了河流，河水穿过冰层，在冰面打了一个巨大的洞，最终形成了喷涌的瀑布。

冰冻的苔原正在融化。

"我们时间不多了，马克斯！"她的朋友兼同事，十二岁的地球科学家（公认的天才）西沃恩喊道。

马克斯意识到，这个红头发的姑娘可能是在说地球或者她们当前的困境，但不管是说谁，这都是真的。

她们一直在研究格陵兰岛西海岸的雅各布港冰川，因为全球气候变暖正导致冰川以惊人的速度消失。它正在把曾经坚实的格陵兰岛冰盖变成一块正在融化的瑞士奶酪。变革者协会（CMI[①]）的亿万富翁支持者本杰明·富兰克林·阿伯克龙比曾派她们前往雅各布港冰川，研究团队的下一个重大任务：解决全球气候危机。

马克斯和西沃恩的时间不多了，因为一伙穿着白色迷彩服——这让他们看起来像达斯·维德[②]的冲锋队——的神秘暴徒正在追赶她们。他们开着闪闪发光的白色燃气动力雪地车，这种雪地车在光滑路面上克服颠簸的性能比马克斯和西沃恩的徒步靴要好得多。

而且他们还配备了步枪。

"我们应该丢掉这些该死的背包！"西沃恩拽着背

---

① 英语原文为 The Change Makes Institute。
② 达斯·维德：电影《星球大战》中的反派角色。

冰川目前以每天170英尺的
最高速度滑入大海。

仅在夏季的一个月里，
地表上的冰就减少了
1970亿吨——足以
填满8000万个奥林
匹克运动会游泳池。

冰川融化得越快，海
平面上升得就越快。

新的坏蛋？

他们越快发现我们，
我们就得跑得越快。

包带子喊道,"它们在拖累我们。"

"不行!"马克斯回头喊道,"但我可以把拉链扯掉。"

"什么?"

马克斯从她的风衣口袋深处掏出一把瑞士军刀。她打开刀后,迅速地划了几下,将背包上那条凹凸不平的拉链划掉。她把拉链竖着分成两半,把它们交给西沃恩。

"把这个绑在你的鞋上,它们会给你更好的摩擦力,就像轮胎的防滑钉或防滑链。"

西沃恩迅速将拉链绑在她的靴子上,马克斯则扯下了背包上的拉链,为自己制作了一双防滑跑鞋。

"摩擦力是我们的朋友!"马克斯说,"走吧。"

她们继续出发了,一路上,跑得越来越轻松,也不那么容易滑倒了。

但是那伙持枪暴徒有雪地车,他们对马克斯和西沃恩紧追不舍,在这场穿越冰原的比赛中,双方迅速缩小了差距。

此刻,马克斯多么希望本没有解雇 CMI 的安保人员查尔和伊莎贝尔。他认为这个团队已经不再需要安保人员了，因为"公司"已经被关停了。

"这些追我们的笨蛋是谁？"西沃恩勃然大怒，"我以为'公司'已经完蛋了，现在是谁还想阻止我们？"

很多人，马克斯想。你把应对全球气候变暖作为你的首要任务，会让一大批非常富有，非常有权势的人变得愤怒。

突然，马克斯听到了轰鸣声，那声音比汹涌的海水穿过融化的冰层时发出的声音还大。一架光滑的黑色直升机在明亮的蓝色地平线上升起，直升机桨叶发出轰鸣声，震碎了冰川的边缘，就在这时，另一块巨大的冰层裂开，坠入了大海。

是的，直升机里的人穿着和雪地车上的人一样的雪地迷彩服，还拿着同样的武器。

"我们已经没有时间了！"西沃恩喊道。

"前方的冰川也没有了！"马克斯喊道。

她们正朝着一个结冰的悬崖奔去。前面什么也没有，只有蓝天和稀薄的云层。

"我们需要跳下去！"马克斯说。

"从冰川上？真是个馊主意！"

马克斯觉得也是。"真是个可怕的想法，但这是我们唯一的选择。"

马克斯和西沃恩到达了冰川的尽头。

"跳！"马克斯说。

"希望我们做出了明智的选择。"西沃恩说。

"是天才的选择。"马克斯补充道。

然后这两个朋友闭上眼睛，从冰冷的悬崖上跳了下去。

三秒钟后，马克斯给西沃恩下了另一个命令。

"现在！"

马克斯使劲拉了拉系在她背包上的绳子。西沃恩也做了同样的动作。

一个小型降落伞从她们的背包中撑开，迎着北极的空气飞去。当然，马克斯和西沃恩都完全理解她们低空跳伞的物理原理：通过增大空气阻力来减缓下降速度，并使跳伞者在接近地面时实现缓慢而稳定的降落。两名跳伞者放慢了速度。随着速度的下降，空气阻力也在下降，直到马克斯和西沃恩漂浮到格陵兰岛巴芬湾冰冷的蓝色水面上。

"我们已经到达极限速度了。"马克斯宣布。

"谢天谢地，那两拨人没有追上来！"西沃恩用轻快的爱尔兰口音说。她打了个手势，向一艘迅速驶近的船示意。那艘小船掠过水面，朝马克斯和西沃恩降落的地方驶来。

船上是 CMI 的另一名成员——克劳斯，一位来自波兰，爱吃香肠的机器人专家，但他不是开船的人。开船的工作是由机器人里奥熟练处理的。克劳斯只是随行，确保机器人的电路保持干燥。

里奥通过三角测量和完美的计时，将船精确定位在马克斯和西沃恩的位置。

"谢谢你们。"马克斯说。她和西沃恩安全上船后，放下了自己的背包。

"感谢你们准时到达。"西沃恩一边解降落伞，一边补充道。

"我们在冰面上追踪你们，"克劳斯说，"你们动作很快。"

"我可以问一下，你们为什么要我们从冰山上进行如此夸张的营救吗？"里奥用他简洁、机械的声音说，"毕竟，本让你们两个收集地理数据，为我们即将到来的……"

马克斯举手示意里奥要安静，并指了指他的身后，说："这就是原因。"

暴徒们已经到达了冰川陡峭的悬崖。

"我们是在躲避那些家伙。"西沃恩说。

"还有那些空中的直升机，"当直升机再次在冰川上空盘旋时，马克斯说，"我们不知道他们是谁，只知道他们不希望我们探查正在融化的冰川。"

"里奥?"克劳斯说，当直升机越过寒冷的克利夫山顶，降低飞行高度去追赶 CMI 的小船时，他眯着眼睛看着上面，"执行计划。"

马克斯和西沃恩为自己壮了壮胆。

当直升机盘旋着靠近时，里奥猛踩油门前进。高耸的冰川壁上回荡着一声枪响。子弹嗖的一声飞过小船，划破了水面。

"开始扫描。"里奥报告。

"你在做我想让你做的事吗?"马克斯对克劳斯喊道。她不得不大声叫喊，只有这样才能盖过小船引擎的嗡嗡声和身后直升机的轰鸣声，以及冰川壁发出的奇怪声。

里奥径直向冰川驶去。

克劳斯点了点头。

更多的枪声响起。一颗子弹击中了船头的金属。

"克劳斯，你这个笨蛋，控制一下机器人！"西沃恩尖叫道，"我们要撞上冰川了！"

"不，我们不会的，"克劳斯坚持说，"对吧，里奥？"

"没错，"里奥看起来就像百货公司男装区那些咧着嘴笑的模特，他平静地回答道，"右满舵！"

他猛地向右一扭方向盘。

小船歪向一边，沿着冰川滑行。他们和冰川离得如此近，马克斯觉得她好像把头伸进了结满霜的冰箱里。

直升机在后面紧追不舍。它向右转，追着船跑，旋转的桨叶摩擦着冰川壁，溅起冰冷的冰屑。

"等着吧。"里奥说。

冰川似乎叫得更厉害了。

"这是冰解，"里奥说，这是冰川融化成水的专业术语，"右满舵！"他把船甩向另一个急转弯，就在冰川松动，发生巨大的雪崩时，小船从冰川上飞驰而去。

直升机可能想做同样的右急转弯，但已经太晚了。

破碎的冰川撞上了它的转子，击碎了驾驶舱的玻璃。

不管是谁在追赶马克斯和她在 CMI 的朋友，现在都沉入了海洋——就在格陵兰岛的大片冰原旁边。

马克斯在船尾转了一圈。

她看到几个身穿白色迷彩服的雇佣兵在直升机坠落的冰冷海域上下浮动，他们很愤怒，全身颤抖着。

"他们没事，"她如释重负地说，"而且他们可能有自己的救援团队。"

"也许吧，"克劳斯说，"但我敢打赌，他们的救援团队不如我和里奥！"

里奥加大小船的马力，踩足油门，飞快地驶离了冰川。

这个机器人已经成为 CMI 非常值得信赖的一员，有时马克斯很难记起，这个有着塑料脸的男性机器人最初是由"公司"创造，为"公司"工作，帮他们抓捕自己的。

那时他叫莱纳德——可能是因为齐姆博士知道菲利普·莱纳德是阿尔伯特·爱因斯坦的头号对手，齐姆博士也曾是马克斯的头号敌人。齐姆博士还知道马克斯崇拜爱因斯坦教授。

但是，在他们最后一个重大的项目中，马克斯和她的团队向公众揭露了齐姆博士和一个名为"公司"的神秘组织及其势力强大的成员。那个组织已被解散并完全关闭，他们的总部位于西弗吉尼亚州一个令人毛骨悚然的山洞里，现在已经消失不见——所有的物品和数据都被来自世界各国的调查人员调走了。齐姆博士不再是威胁，"公司"已不复存在。

但就在刚刚，有人追着马克斯和西沃恩穿过正在融化的冰川的表面。

他们是谁？为什么要来追她们？

"感谢救命恩人。"西沃恩对里奥说。

"恩人？"里奥说，"我不记得在我们的会合和营救任务中遇到过一个名叫'恩人'的人。"

里奥的逻辑让马克斯和西沃恩大笑起来。笑的感觉真好，比逃亡好多了。

"我把所有英雄大片的拯救套路都输入到里奥的硬盘里了。"克劳斯夸口说，"但是在冰川上发生的事情看起来不妙，马克斯。'公司'倒闭了，但是突然之间，你又有了新的敌人？"他摇了摇头。"糟糕，伙计，这可不是好苗头。"他说。

"不管他们是谁，"西沃恩说，"无非是被那些贪得无厌，并且否认气候变化的人收买了。"她看起来对此事很有见解。

"哇，"克劳斯说，"谁说气候变化是冰川发生变化的原因？现在是夏天，当然有一堆表面融化的冰脱落好不好？因为现在是夏天！这是一个爱因斯坦式的思想实验，马克斯。把一个冰块放在一束阳光中，你觉得会发生什么？它会融化！"

马克斯疑惑地看了克劳斯一眼。"你真的相信这一切都是骗局吗？"

"对啊。"

"那么，恭喜你。你成为我的新挑战了。"

"我们面临的挑战已经够多了，"西沃恩说，"地球的时间不多了，我们需要修复它，不管克劳斯是否和我们一起。"

"不。"克劳斯一边说，一边轻蔑地把双臂交叉在胸前。

"我希望你会改变主意，"马克斯说，"因为没有另一个星球可供人类居住。"

　　"你在引用我 T 恤上的话?"克劳斯哼了一声,"哼!真聪明,马克斯,你可真会见机行事。"

第二章 邪恶势力出现

里奥把小船驶向码头，CMI 团队在那儿进行当天的考察活动。

"那是维哈恩吗?"当他们靠近码头时，西沃恩说。

"他在这里干什么?"克劳斯想知道。

维哈恩是 CMI 的另一名成员，他一直忙着管理团队在印度的净水工作，此时，他正挥舞着双臂。他穿着一件宽松的无领衬衫。维哈恩·班纳吉只有十三岁，但他已经获得了量子力学的博士学位。他还希望有一天能研究出万物统一论，来解释宇宙中所有物理层面的东西。

马克斯知道阿尔伯特·爱因斯坦一直想做这样的事情。

克劳斯扔给维哈恩一根绳子。

"你在这里做什么?"克劳斯问。

"有很紧急的事,"维哈恩回答,"本正在迈阿密召集整个团队。他派了一架飞机去孟买接我,我要带你们四个一起去佛罗里达州。"

"真是有意思啊,"当他们几个爬上码头时,西沃恩说,"我们原本想在这里解决全球气候变暖的问题,现在却要乘坐私人飞机在空中翱翔,而且这种飞机还会排放二氧化碳和其他恶心的温室气体。"

"不是这架飞机,"维哈恩说,"它是全新的,由太阳能电池供电,零碳排放。"

"太阳能驱动?"克劳斯说,他的语气听起来很害怕,"如果它穿过云层呢? 引擎会自动停止吗?"

"不,"维哈恩轻轻地笑着说,"或许它有一种叫作电池的东西?"

当克劳斯和维哈恩就太阳能喷气式飞机争论不休时,马克斯想到了阿尔伯特·爱因斯坦 1921 年获得的诺贝尔奖,他获奖的部分原因是他发现了光电效应定律。

没错,1921 年,从被照亮的表面发射电子还只是

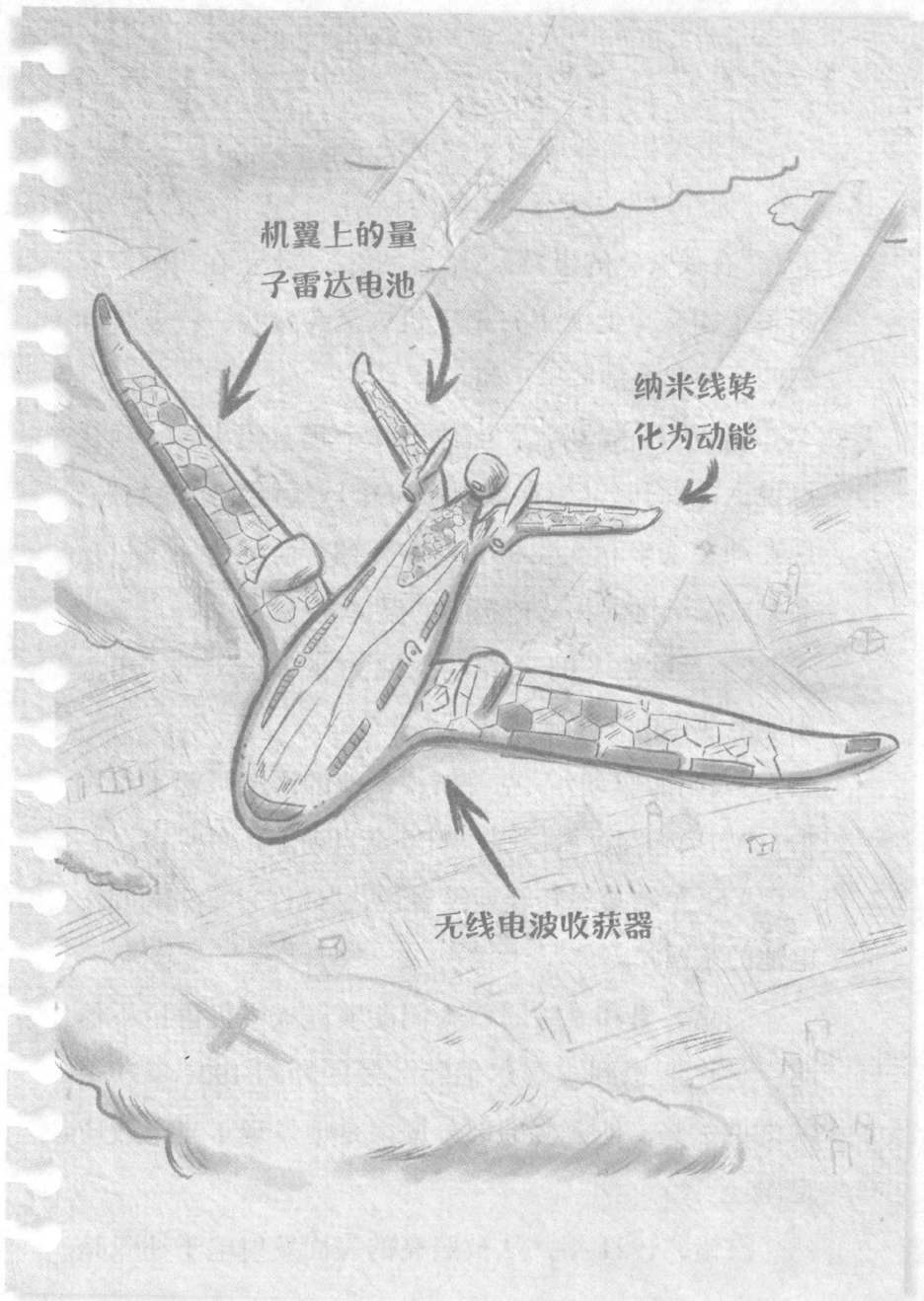

一种理论。但是最终，这个理论催生了由太阳能电池板产生的电力。而现在，一架太阳能喷气式飞机就在他们的眼前。

马克斯意识到，大的飞跃往往只是一系列小步骤的最终结果。她只是希望她和她的队友能够采取一切正确的措施来拯救地球，否则就太晚了。

因为地球的末日时钟已经在滴答作响了。

一位严厉的中年妇女站在奥列茨卡·伊万诺维奇博士所在的山顶的住所，周围稀薄的空气让她感觉有些呼吸困难。

和其他被邀请来的客人一样，她必须从停车场乘坐吊椅式缆车到达山顶。虽然她以前去过俄罗斯，但相比之下，她更喜欢莫斯科，而不是巴什科尔托斯坦附近荒凉偏僻的乌拉尔山脉。

但是，她意识到，伊万诺维奇博士是一个天才，他清楚地知道把他的秘密住所建在哪里。如果海平面真的会上升——正如所有悲观的、觉得全球气候会变暖的危言耸听者所坚持的——那么乌拉尔山脉就是最完美的地点。假以时日，这座海拔 1600 米的陡峭山峰的斜坡甚至可能成为美丽的海滨地产。

一群身穿白色迷彩服的士兵在缆车顶部检查了这位妇女的身份证件。之后，她在其他人后面排队，等待着通过金属探测器，然后进入伊万诺维奇博士的绝密住所。她认出了在她前面排队的几位贵宾。他们都是化石燃料行业和高级金融界的精英，是反全球气候变化联盟的强大资助者。

所有人都把赌注压在了伊万诺维奇博士——这个人的头脑可以和阿尔伯特·爱因斯坦相媲美——和他神秘的奥卡梅诺斯蒂小组身上，希望他们可以带领自己进入一个与过去一模一样的未来。这些头发花白的工、商业巨头都不希望有任何改变，他们有更多的钱榨干地球的资源。

通过入口处的扫描检查，她就进入了翻新过的住所。在那里，几个穿着蓝色西装的男人和女人在迎接她。他们把监听设备塞在耳朵里，采访每一个到达的人。大多数客人都是化石燃料的拥护者、否认全球气候变化运动的领导者。他们都非常富有，非常有权势。

"你是塔里·卡普兰女士？"被指派迎接她的人查阅了他光滑的平板电脑。

"是的。"女人回答道，表情略微僵硬。

"你是'公司'在所谓的'变革者协会'里的内线?"

"是的。我刚开始在 CMI 的耶路撒冷总部工作，后来又转到野外。"

"唉，"那人说，也许还带着讽刺的味道，"'公司'已经不存在了。"

卡普兰女士勉强笑了笑。"唉。"

"欢迎你来到奥卡梅诺斯蒂。伊万诺维奇博士可能想在演讲后私下问你几个问题。我们是不是可以认为，这是他在你身上进行投资的回报?"

"当然，"卡普兰女士说，"这是我的荣幸。"

那人踩了下后脚跟，向大厅方向做了个前进的手势，那里的观众已经开始慢慢走进这栋山间别墅的巨大礼堂，他们中的许多人都带着香槟和小碟鱼子酱。

"谢谢。"卡普兰对那个审讯员表达了感谢。

奥卡梅诺斯蒂小组中的许多人从煤、石油和天然气这些地壳中浓缩的有机化合物中赚了很多钱，正是由于这些资源才使我们的现代生活成为可能。

卡普兰女士绕开精美的茶点桌，走进了豪华的礼堂。她在靠近舞台的过道上找了一个空座位。她周围的其他二百九十九把红色天鹅绒椅子很快就坐满了人。

最后，灯光暗了下来，天才博士奥列茨卡·伊万诺维奇有点笨拙地大步走上舞台，被一盏布满灰尘的聚光灯照亮。这位著名的知识巨人顶着一头乱蓬蓬的黑发，长着浓密的小胡子，耷拉着肩膀。他的眼睛又小又黑，一只手塞在他那三件套粗花呢西装宽松的口袋里，另一只手拿着两颗大约有知更鸟蛋那么大的球。当聚光灯照向这两颗球时，卡普兰女士意识到伊万诺维奇博士在手指间滚动的东西不是经典的钢球，而是两颗鸡蛋大小的钻石。

"欢迎，我的朋友们。"伊万诺维奇博士对人群说，他有轻微的俄罗斯口音，"我看到，自我们上次年会以来，奥卡梅诺斯蒂的队伍有所壮大。"他对前排一些穿着牛仔靴的石油商笑了笑，"我很抱歉，你们中的许多人倾注了大量的时间和金钱，希望'公司'以某种方式创造一个更加辉煌的未来。不幸的是，'公司'已关停，没有实现各位的愿望。事实上，'公司'已经不存在了，被一群激进的孩子彻底消灭了，这是一件多么悲伤的事啊。但是，不要绝望，女士们先生们，你们现在来对地方了。"

观众席上爆发出热烈的掌声。

"众所周知，地球的地壳下至少还有五十年的原油储量。多亏了水力压裂技术，天然气还能再供我们使用九十二年。当然，我们还有一百五十年的时间来消耗煤。对我们来说，不接受地球母亲提供的一切是不礼貌的。为什么印度这样的国家不能像几个世纪前的美国和英国一样，享受以煤炭为燃料的工业革命呢？"

更热烈的掌声响起了。

伊万诺维奇博士手里把玩着钻石，他把一颗钻石放在拇指和食指之间，举起来让观众欣赏。钻石的斜切面在灯光下发出的光线在舞台上翩翩起舞。

"这颗完美无瑕的钻石有一百一十八克拉，它曾经只是埋在地球深处的一堆腐烂的碳。看看现在！看着它！我听说它值三千五百万美元，三千五百万，而我有两颗。"

观众们都笑了起来。

"女士们，先生们，碳带来了巨大的财富，带来了巨大的力量！碳带来了无尽的美丽！"

观众们都站了起来。

"没有什么能阻止我们，"伊万诺维奇博士继续说道，"巴黎协议不行，所有的虚假科学不行，尤其是这个世界上那些幼稚、愚蠢、多愁善感的孩子，他们更不行！"现在，他正在煽动人群，把他们推向疯狂，"这些哭哭啼啼的小屁孩是谁，竟敢告诉他们的长辈如何处理我们辛辛苦苦取得的成果。他们有什么资格走出学校，要求对这个气候变化的骗局采取行动。我的朋友们，这个世界的孩子们需要被教训一顿。"

他又转向穿着牛仔靴的石油商。

"你们心爱的'公司'浪费了很多时间和精力，试图招募年轻的马克斯·爱因斯坦和她那群所谓的天才同伴。我的朋友们，我比那些孩子加起来都聪明。相信我，奥卡梅诺斯蒂不会浪费时间去招募马克斯·爱因斯坦。不，我的朋友，我们要消灭她！"

第三章　集合，迎接新任务

　　马克斯和克劳斯、西沃恩、维哈恩一起登上了本的太阳能飞机。

　　机器人里奥将随着团队的其他行李和装备一起进入货舱。这是里奥的主意。

　　"我需要睡眠时间来处理数据，"他说，"这和你们对做梦的需求差不多。"

　　马克斯旅行时，从来都只带一个小旅行袋和背包。在 CMI 的最后一次任务中，她弄丢了心爱的——也是破旧的——古董手提箱，里面装满了各种爱因斯坦的纪念品。

　　就是那个可能是从 1921 年穿越过来的手提箱。

　　是啊，有一点她还是不太相信。当 CMI 在普林斯顿时，马克斯发现——也许，可能，她不能百分之百确定——她的父母受阿尔伯特·爱因斯坦相对论的启发，制造了一台时光机——就在他们位于新泽西的地下室里——意外地将婴儿马克斯和那个手提箱从1921年送到了未来。

马克斯已经爬上了这架飞机的折叠舷梯，进入了宽阔的机舱。

"你一定是马克斯，"一个长相非常酷的女孩说。她看起来比马克斯大一两岁，留着一头紫色的头发，戴着鼻环，鼻梁上架着一副"聪明女孩"的大眼镜。

"我是安娜·索菲亚·菲奥里洛。你可以叫我安娜·索菲亚，或者安娜，叫什么都可以。我的大多数追随者都叫我安娜，这样更熟络。"

那个活泼的女孩伸出了手，马克斯握了握她的手。

"很高兴认识你。"

安娜急切地跳了起来，她的脚上穿着一双非常昂贵的运动鞋。"本带我上来的，"她说，"我想你可以说我是CMI的最新成员。"

马克斯想知道安娜是否会取代哈娜，这位天才植物学家或多或少地背叛了马克斯和CMI，当时他们正在西弗吉尼亚州工作。哈娜和塔里·卡普兰女士是一组的，卡普兰女士是一名严厉的中年员工，她从未真正喜欢过马克斯，但她喜欢给人做测试。马克斯第一次见到卡普兰女士是在耶路撒冷的 CMI 总部。

由于其叛变行为，哈娜得到的是一张回日本的单程机票。

另一方面，卡普兰女士把马克斯和她的团队完全出卖给了"公司"，因此受到了更严厉的处理。马克斯知道她已经被送进了监狱，可能正在那里等待审判。她负担不起换取暂时自由所需要的保释金。

因为保释金是一千万美元。

"你的专长是什么？"马克斯问新来的人，"像哈娜那样研究植物学？"

女孩嘴角露出一丝笑意，紫色的发梢飘动起来。

"很难说，我不像你们这些科学天才——当然，无意冒犯。拥有科技本领很威风，但我对品牌管理和品牌资产最大化更感兴趣，而马克斯·爱因斯坦呢？你是我们需要最大化的资产。去找个座位吧，朋友。一旦我们到达舒适的巡航高度，我会告诉你和其他人一些最新情况。"

马克斯只是点了点头，找了个最近的座位。那是一把毛绒转椅，就像你在公司会议室看到的那种款式，只不过它有安全带。

马克斯系好安全带。西沃恩坐在过道对面的座位上。

"那么？"西沃恩低声说道，"你觉得安娜怎么样？"

"她看起来不错。"

"她超级酷，我在社交平台上关注了她。"

"真的吗？"

"是的！她的视频账号内容相当精彩。安娜·索菲亚·菲奥里洛可是个大名鼎鼎的人物，是个营销天才。这就是为什么她是世界十大最有影响力的青少年之一。"

"嗯。"马克斯应和着，她意识到，或许她应该做一些符合十二岁这个年龄的事情，比如活跃在社交平台上，而不是专注于科学、爱因斯坦和拯救世界。"不知道一个营销天才在我们这里干什么？怎么帮助我们应对全球气候变暖呢？"她问。

西沃恩耸了耸肩。"我想，等我们到达一个舒适的巡航高度就知道了。"

"拜托，你们超级聪明，我想你们都已经知道了，我们没有时间来扭转整个气候变化的局面了。"

安娜站在太阳能飞机的机舱前部，指着一个满是动画和旋转图像的视频屏幕。冒烟的烟囱、雾霾、被困在浮冰上的北极熊、失控的野火、开裂的沙漠沙地、流动的难民……这完全是一个全球气候变暖的恐怖表演。

"很明显，现在你们这些聪明的人负责提出解决方案。至于我的工作，是确保全世界都听到这个消息，让他们知道并感受到这件事情。马克斯，在你扳倒那些西弗吉尼亚州的坏人之后，你已经引起了巨大的轰动。"

"这是团队共同努力的结果。"马克斯说。

"的确，"克劳斯说，"我知道，我肯定在机器人方面发挥了重要作用。"

"你们都表现得非常出色，"维哈恩补充道，"因此，'公司'无法再干涉我在印度的净水工作了。"

"我们应该在印度多做点什么，"安娜说着，摇了摇头，"但是，我知道，你们需要低调行事，你们所做的一切都要高度保密。"

"因为，"西沃恩满怀戒备地说道，"你可能已经听说了，'公司'试图绑架或杀害马克斯。"

"也许两者都有。"克劳斯说着，尴尬地笑了笑。

安娜搓了搓双手。"不过，你们躲躲藏藏的日子已经过去了。本把我带到这里，希望我能带来更大的改变。他认为我们可以利用我们的优点做更多的事情，对此我完全同意。马克斯，你就是我们披荆斩棘的开拓者。"

"我只是——"

"不必谦逊，你有一种穿透复杂环境的眼光，有一个奇妙的、半神秘色彩的身世。你扳倒了邪恶的组织——'公司'。我们要通过视频进行传播，通过转发这些视频，让我们做的事情被更多的人知道。"

马克斯在她的座位上往下沉了一点。安娜直视着她。

"这就是计划，马克斯。你成为 CMI 的代言人。"

"不用了，谢谢。"

"你看起来很完美。那头狂野的红色鬈发，那坚定的眼神和决心，那段无家可归的历史，而且还这么小的年龄就上了大学……"

"嘿，我也是这样的啊。"克劳斯说。

安娜没有理睬他。"还有你穿的那件皱巴巴的旧风衣，马克斯。"她亲吻着自己的手指，好像她是一个非常高兴的法国厨师，"这样有特点的、可以品牌化的个性有钱也买不到。"

"当然可以，"西沃恩说，"随便去一家卖旧雨衣的旧货店就行了。"

"马克斯，你将成为我们的碧昂斯①，"这位营销奇才继续说道，"你在前面成为聚光灯的焦点，CMI 的其他成员则是你的乐队和伴舞。"

维哈恩显得很困惑，西沃恩翻了翻白眼，克劳斯胖胖的脸上再次出现了忌妒的表情。

"我不是伴舞！"他抗议道，"我鄙视跳舞，这完全是在浪费卡路里。"

对马克斯来说呢，她绝不想成为一场全球运动的代言人。她是个孤儿，从来没有在一个地方停留足够长的时间。她对自己的身世都不清楚，更何况让别人知道她是谁。她的童年一直是在动荡中度过的。她保

———————

① 碧昂斯：美国知名女歌手、演员。

持低调，住在街上，躲避当局。

现在本和这位炙手可热的社交媒体影响力专家想让她出名？把她变成下一个格里塔·滕贝格①，让她的脸出现在各大社交媒体、杂志封面和视频上？

不，非常感谢她。

可惜安娜也不能成为一名植物学家。

马克斯从未坐过和本的太阳能飞机一样没有噪声的飞机。

话说回来，在被CMI招募之前，她从未坐过飞机，而现在他们想让她成为团队的代言人？

幸运的是，安娜的演讲只持续了大约一个小时。当她问马克斯是否愿意做代言人时，马克斯含糊地回答道："我得考虑一下。"

"当然，当然，"安娜回答道，"思考是你们最擅长的事，但怎样让这种思考发挥作用呢？这就是我来这儿的目的。"

---

① 格里塔·滕贝格：瑞典青年活动人士、政治活动家和激进环保主义者。

离到达迈阿密还有两个小时的路程。

马克斯把一个小枕头靠在窗户上，然后靠着它试图入睡。如果我必须在电视上看起来状态还不错，就需要一个美容觉。这个想法让她笑了起来。

"我猜你选错了穿越的世纪。"阿尔伯特·爱因斯坦说，他言语中透着紧张。

马克斯其实并没有和历史上最著名的物理学家交谈过。毕竟，爱因斯坦教授在1955年就去世了。但是，她确实会在脑海中时不时地与他进行对话。他的声音通常很温和，就像一位慈祥的祖父——马克斯从来没有听过这样的声音。

但今天他的声音却不温和。

今天，他的声音听起来很焦虑。

"我很担心你，马克斯，"他说，"我发育得很慢，直到成年后才开始对空间和时间感兴趣。你呢？你可能还是个孩子，但你已经不得不努力应对时间旅行、行善积德，以及应对现在全球气候变暖等问题。"

"他们想让我成为这场行动的代言人。"

"他们会给你拍照吗？"

"我猜会。"

"哦，我不喜欢我的照片。"爱因斯坦说，"看看我的脸。要不是这小胡子，我看起来就像个女人！"

听到这儿，马克斯咧嘴笑了。她脑海中的爱因斯坦有时确实会这样，这也是她喜欢和想象中的偶像交谈的原因之一。

"马克斯，必须有人来阻止这场全球气候变暖的危机。"爱因斯坦说，他的声音比马克斯刚刚听到的更加担心和焦虑。话说回来，是她发出了他的声音。也许这只是她感到紧张和焦虑的表现。是的，为消除饥饿和净水而奋斗是一项巨大的事业，但这也意味着一场新的斗争吗？这关系到人类的生存。马克斯认为，在所有的海平面上升和森林被烧毁之后，地球依然是地球。不同的是，地球会继续存在，但人类呢？到时候恐怕就生死未卜了。

"也许这就是你从 1921 年来到这里的原因。"爱因斯坦继续说道。

"如果这真的发生了的话。"马克斯反驳道。

"啊，是的。万能的假设。"

"他们想让我出名。"马克斯说。

"出名有优点也有缺点，"爱因斯坦漫不经心地耸了耸肩，说道，"名声可以帮助你接近有权势的人。这就是我在第二次世界大战期间能够和罗斯福总统会面的原因。但是，随着名气的增长，我担心我会变得越来越愚蠢，这当然是一个非常普遍的现象。但是归根结底，雕塑家、音乐家、科学家从事各项工作是出于他们的热爱，名声和荣誉都是次要的。"

"我喜欢在这个世界上做好事，"马克斯说，"做好事的感觉很好。"

"那么，请你保持下去，我年轻的朋友。人类文明的命运比以往任何时候都更加依赖于它所能产生的道德力量。"

人类文明的命运。

难怪马克斯脑子里的爱因斯坦教授会抓狂。

人类文明再次岌岌可危，就像阿尔伯特·爱因斯坦的理论后来被其他人用来研发原子弹一样。

第四章　去联合国演讲

这是佛罗里达州迈阿密的一个海滩，今天是一个阳光明媚的日子。

街道都被洪水淹没了。

加上新成员安娜，大家都聚集在一条街道上，水正从雨水算子中涌出。里奥没有和他们在一起，这么深的水对于他的电子元件和电池不利。

马克斯环顾四周，她意识到一个问题：团队中的每一个孩子都因为老一辈人犯下的错误而面临着不确定的未来。

来自中国的天体物理学家托马正在向大家解释<u>潮汐现象</u>。

"这不是飓风造成的，"他一边说，一边在齐踝高的水中晃荡，"当太阳和月亮的运行轨道比较接近时，就会出现霸王潮——一种高于正常水平的潮汐现象。在迈阿密海滩，霸王潮一直都存在，通常发生在满月或新月的时候。但气候变化导致海平面上升，情况变得越来越糟糕。"

克劳斯捂住嘴，嘴巴里吐出一个词："骗局！"

那个来自奥克兰，酷爱电脑的小子基托，此刻就站在克劳斯旁边。"骗局？跟我湿透的袜子说去吧，伙计。"他说。

"这次的洪水并不是'海平面上升'引起的，"克劳斯说，"而是陆地下沉造成的。他们建造这个地区时用了太多的沙子，把沉重的建筑放在沙子上，沙子就会下沉。"

马克斯研究了克劳斯的话。科学，真正的科学，能说服像他这样的怀疑论者吗？为什么他觉得必须对事实提出不同的解释？

她想，我们永远不会结束这场危机，除非我们说服世界上所有像克劳斯这样的人，让他们相信这是真的！

"陆地下沉？"西沃恩嘲讽道，"我们在格陵兰岛看

晴朗的一天

每当月亮和太阳排成一线时，
这种情况就会定期发生。
美国国家航空航天局估计，自1992年以来，全球海平面上升了3英寸①。
美国国家航空航天局预测，到2060年，海平面将上升14~26英寸。
我预测迈阿密将是划皮划艇的好去处。

---

① 英寸：英制中的长度单位，1英寸合2.54厘米。

到的那些冰川正在融化，所有的冰都变成了水，就像溢出了浴缸一样，伙计。水必须流向某个地方，而迈阿密那时候正处于一年中水流最旺的时期。"

来自德国的逻辑大师安妮卡指着附近的一些建筑说："随着海平面的持续上升，人们正在努力重建道路，让地面变得更高一些。实际上，对于这座城市来说，如果海平面上升了，地平面也必须上升。"

基托摇了摇头。"仅仅十年间，这里的海平面上升速度已经翻了三倍。十年后他们要做什么？在之前加高的道路上再建造更高的道路？"

"我的观点是，"安妮卡说，"这不是最符合逻辑的解决方案。"

"这很好，各位，"安娜说，她拿着手机，正在对大家的讨论过程录像，"本过来以后，一定会喜欢这段录像的。马克斯，你一直很安静。我需要一个结尾，说一些充满智慧和鼓舞人心的话吧，给我一些你的原声片段。"

"这些通常要九秒。"马克斯的朋友，来自肯尼亚的生物化学家蒂莎说。蒂莎和马克斯在非洲执行第一个任务时结下了深厚的友谊。之后，她们变得更加亲密团结了，因为两个人都讨厌参加 CMI 的智力测试。这两位朋友都同意阿尔伯特·爱因斯坦的观点。爱因斯坦曾经说过："事实上，现代教学方法还没有完全扼杀神圣的探究好奇心，这简直就是一个奇迹。"

"马克斯？"安娜再次提示，"你是 CMI 的代言人，说些我能在社交平台上发布的话吧。或许在你说之前，最好把你的拖把头好好整理一下。"

马克斯讨厌在公共场合讲话，更讨厌有人拿摄像机对着她的脸。

所以，她伸出一只手对着上涨的水比了个手势。"这个，你知道的，臭死了。"

大家都等着她多说一些话。

不过，她什么都没说了。

"哦，好吧，"安娜说，"你需要做一个小小的媒体辅导，马克斯。"

就在那时，本开着一辆破旧的越野车来到了现场。

他一边打电话，一边下车，来到水势蔓延的街道。幸运的是，他穿着齐膝的防水靴。

"真是好消息。谢谢你帮我安排。不，她会很棒的，我保证。马克斯是个天才，她有很多重要的天才想法要告诉全世界，再次感谢。"

他结束了通话。

"好消息，伙计们。"他对大家说，眼睛却向下看着水面，因为正如马克斯所知，本有时很难直视别人的眼睛，"我的意思是，这不是好消息。"他指着水面，"这太可怕了，但我想让你们都看看，亲自看看。你们中的一些人参观过的冰川也是如此，地球试图告诉我们一些事情。我们需要快速行动，来应对这场气候危机。所以，这就是为什么我很高兴安娜能够为你安排这件事情，马克斯。"

本晃了晃他的手机。

"什么事？"马克斯问。

安娜笑了。"你要在联合国大会上发言了，朋友！"

大家都乘坐着本的太阳能飞机飞往纽约。

"关于拯救地球的想法，我们会集思广益，帮助马克斯准备她的演讲。"本说道。

马克斯闭上眼睛，希望她能消失或穿越到别的时空。

"我们希望有个大创意。"安娜说，"必须是有吸引力的东西，保证能吸引人的眼球。"

克劳斯举起了手。"飞机上只有我一个人认为我们是在浪费时间吗？我们还有很多其他的问题要处理，真正的问题，比如全球贫困。气候变化是一个巨大的骗局。地球只是在做它该做的事情。气温上升，然后下降。海平面上升，然后下降。这颗行星比生活在它表面的人类更强大，反应更灵敏，在适当的时候它会改变自己。"

"你在开玩笑，"基托说，"对吗？"

"不，我觉得你们才是笑话，我不相信这种阴谋背后的任何科学。"

"好吧，"基托说，"克劳斯，让我给你讲讲尼尔·德格拉斯·泰森曾经说过的话，'科学的好处在于，不管你是否相信它，它都是真的'。"飞机降落在新泽西州的一个私人机场，马克斯被一队记者和许多摄像机团团围住。

"我给了他们一个提示，说你今天可能会到。"安娜小声说。

"和我们说说在西弗吉尼亚州，你是如何扳倒'公司'的，马克斯！"一名记者喊道，"那个美国参议员真的参与其中了吗？"

"你打算在联合国说些什么？"另一个记者喊道。

"你真的和阿尔伯特·爱因斯坦有关系吗？"第三个记者问道，"你是他的曾曾孙女还是什么？"

马克斯想转身冲回舷梯，这样她就可以藏在太阳能飞机的卫生间里。但是安娜轻轻地抓住了她的胳膊肘，把她往前推。

"笑一笑。"安娜咬着牙小声说道。

马克斯笑了，算是在笑吧，但她的脸看起来像颤抖的苦瓜。

"爱因斯坦女士正在为两天后的全球演讲做准备，"安娜告诉媒体记者，"她和她的朋友们曾为解决世界饥饿的问题做出了努力，他们很快也会采取行动应对全球气候变暖的问题，她现在真的不能详谈自己的想法。但是，请放心，变革即将到来。准备好迎接大事件吧，不，让我换个说法，请准备好迎接巨大的变革吧！"

一群记者对这位年轻人做出的轻率承诺发出了欢呼声。

马克斯叹了口气，她必须说点什么来抑制安娜刚刚高涨的狂热期望。

"我们只想为世界做好事,"马克斯谦逊地说,"做好事的感觉很好。"

许多摄像机对准了她的脸,马克斯开始看到一些耀眼的斑点。

最后,一队电动汽车抵达,把本和团队的成员们带到了纽约,他在联合国广场一号的一家高层酒店租了一整层楼。这是离联合国最近的酒店,马克斯两天后将在那里发表演讲。

当然,前提是她不会因恐慌症发作而退出。

当团队成员到达酒店时,安娜说:"别担心,马克斯。团队将在一小时后开会,讨论更多解决全球气候变暖问题的方案。除了克劳斯,因为他不觉得有问题,所以……"

马克斯点了点头,但什么都没说。她觉得有些恶心,心里七上八下的。她不想站在大理石发言台上向组成联合国大会的一百九十三个主权国家的代表讲话。这样当众演讲,会引发全世界的关注。

"回房间冷静一下吧,"安娜建议说,"然后到我们的会议室来,讨论来自世界上最优秀、最聪明的年轻人的绝妙想法,当然,也包括你的想法。这样的话,你的演讲一定十分精彩。"

马克斯匆匆穿过大厅，搭上了下一部电梯。

她飞快地跑向自己的房间，同时希望电梯有一个按钮，可以带她回到1921年。

那天下午，当马克斯进入酒店会议室时，安妮卡正在做一个关于韩国太阳能自行车道的演讲。

"这是我见过的最简明的替代能源解决方案。"她指着身后的屏幕说道。汽车沿着看起来像韩国版的州际公路呼啸而过，在三车道彼此相向行驶。高速公路的中央分隔带是一长条倾斜的深灰色太阳能电池板。"这是二十英里①长的太阳能电池板，用来为自行车道提供遮阳篷，使其免受恶劣天气的影响。"

"哇，"基托说，"在这些太阳能电池板下面有一条自行车道？"

"是的，"安妮卡说，"当然，骑自行车这种交通方式也是减少碳排放的另一种方法。我们排放到大气中的二氧化碳越少，就越能缓解温室效应。"

"我喜欢这个方案。"坐在会议桌一头的本说。

① 英里：英制中的长度单位，1英里合1.609千米。

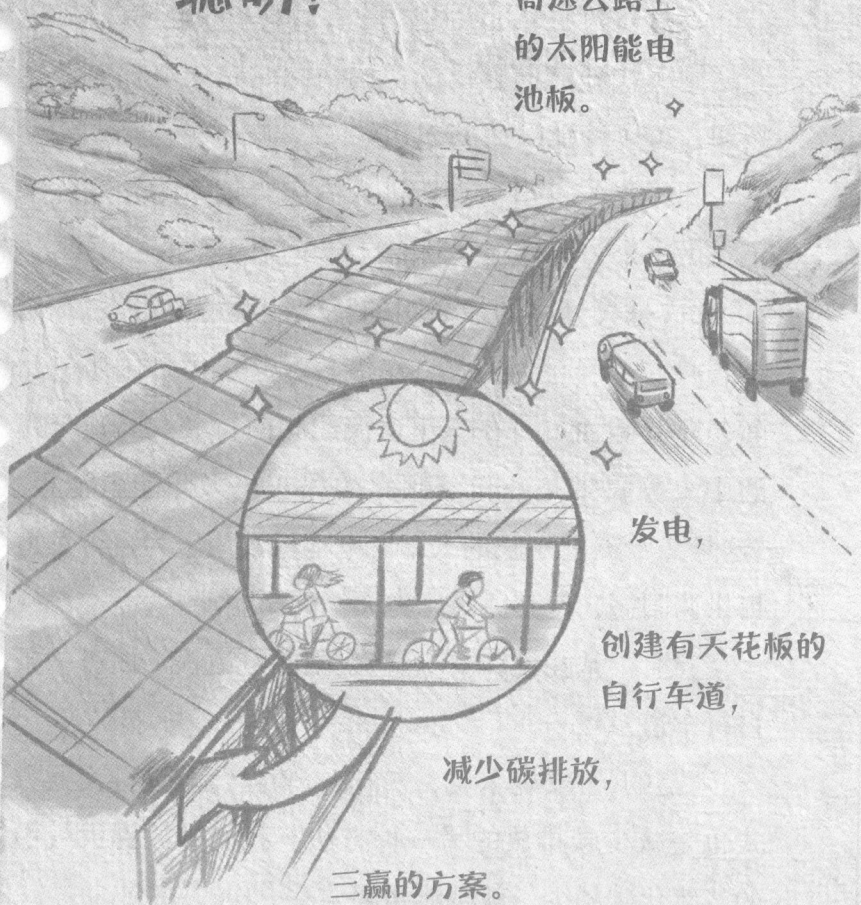

聪明！

高速公路上的太阳能电池板。

发电，

创建有天花板的自行车道，

减少碳排放，

三赢的方案。

这对本来说是件新鲜事。马克斯已经习惯了这位神秘年轻的赞助人躲在幕后，不参与团队的日常活动。也许试图解决全球气候变暖的挑战和压力迫使他走出了自己的舒适区。

"但是……"

安妮卡的脸沉了下来。没有人喜欢听到"但是"起头的话。比如：我喜欢，但是……

"你的'但是'指的是什么，本？"安娜问，这让基托和托马窃笑起来。

本叹了口气。"你知道的，已经有人采用了这个方案。如果我们在其他地方重复韩国的做法，就无法得到任何人的真正关注。"

"如果这是个聪明的想法，谁会在乎是否有人关注呢？"西沃恩说，"我们什么时候开始为了宣传而行动了？"

"既然这是你需要的，"安娜说，"你们在西弗吉尼亚州扳倒'公司'的举动无意中引起了关注，这也让'公司'很难东山再起了。为了做好事而做好事，就好比去撒个尿还得西装革履。"

男孩们又咯咯地笑了，当然只是基托和托马。维哈恩没有笑，他似乎有点脸红。

"请问？"安妮卡震惊地说。

"西装革履地去撒尿？"西沃恩说。

"那是什么意思？"蒂莎问。

安娜耸了耸肩。"你会有一种温暖的感觉，但没人会注意到。如果我们想让世界做出改变，首先必须做一些引人注目的事情，让人们刮目相看。必须先往人们脸上扔一块馅饼，一旦引起了人们的注意，就可以告诉大家一些聪明的想法。"

关于如何解决全球气候变暖的更多想法被提出。有些想法无疑是相当疯狂的。

"在厨房里养虫子！"蒂莎说，"它们可以把食物残渣变成堆肥，供花园使用。在城市垃圾填埋场里黑暗、低氧的条件下，有机废料不会分解。相反，会产生甲烷，一种比二氧化碳更强的温室气体。"

"想不想来个大胆的做法？"基托说，"这样如何，我们给地球涂抹'防晒霜'！在赤道周围的轨道上放一圈太阳光散射粒子或微小卫星，阻挡那些试图烘烤地表的太阳辐射，就像保护皮肤的防晒霜一样。"

哦，好吧，马克斯想。这无疑是一个大胆的想法，但可行吗？也许不行。

有人谈到房屋的耐候性。诸如投资节能电器、减少水资源浪费、减少食物浪费、少吃肉、购买更节能的灯泡、不使用电视时就拔掉它们的插头等等。

下午四点左右，本要求休息一下。

"我们休息三十分钟再回来。嗯，知道吧，你们的想法让我很惊叹。"

"给他一些惊喜吧！"安娜补充道，"要么大干一场，要么回家！"

马克斯和其他人一起站了起来。

"我需要回房间。"她告诉本。

"那是你储存伟大想法的地方吗？"安娜眨着眼问道。

马克斯笑了。"差不多吧。"

马克斯走向电梯，没有人和她一起。

这是件好事，因为她不打算回自己的房间。

她下楼走到大厅，然后到外面去散步。

因为那是获得伟大想法的契机。当你不想强迫自己产出新想法时，不妨去做些别的事情，比如遛狗或洗碗，然后无意识间，一个想法就冒出来了。

　　希望如此。

　　因为马克斯仍然不知道她要在联合国的演讲中说
些什么。

第五章　演讲前的准备

伊万诺维奇博士坐在他山顶城堡内的指挥中心。

他双手把玩着那两颗钻石，考虑下一步该如何对付马克斯和所有要阻止他的人。

他们所有人的思想合起来都无法与他相比。

城堡潮湿的石墙上安装了二十多台视频显示器，上面布满了国际新闻网络的卫星信号。

马克斯的脸出现在每个屏幕上。

"我看到我们的年轻朋友大张旗鼓地来到了纽约。"他对他的客人说。

"她从来都不是我的朋友，"卡普兰女士回答道，"她是赞助人的最爱，不是我的最爱。她很不擅长参加笔试。"

"加上和她在一起的其他孩子，他们就是整个团队吗？"

"是的。"卡普兰女士说，"我那位才华横溢的年轻植物学家朋友哈娜，她已经不在 CMI 了，她被毫不客气地送回了日本。"

"与此同时，"狡猾的博士说，"你也被不明不白地送进了监狱。"

一向骄傲的卡普兰女士羞愧地低下了头。"我很感激你为保释我所做的努力。"

"你是说你对我一千万美元的保释金表示感谢？我希望你能证明这是一项值得的投资，卡普兰女士。我相信美国当局对任何关于你下落的信息都很感兴趣。"

"在那里，"她指着屏幕，希望向伊万诺维奇博士证明她的价值，"那小子在那里。本杰明·阿伯克龙比，一个亿万富翁，也是赞助 CMI 的人。不过……"

"什么？"

"我没有看到查尔或伊莎贝尔，没有关于他们的任何新闻。通常情况下，他们都会在场，只不过是混在人群中。"

"给我们说一下，查尔和伊莎贝尔是谁？"

"CMI 强大的安保团队。两人都是技术高超的特种兵和武器专家，是他们策划了抓捕冯·欣克尔教授和我的行动，这场抓捕行动极具羞辱性。"

伊万诺维奇博士把他的钻石转动得更快了。"非常好，谢谢你的情报，卡普兰女士。看来你真的在证明你的价值了。"

"马克斯受到的保护似乎也比过去少了。"卡普兰说，"另外，CMI 过去是秘密行动的，他们从未像现在这样在新闻中大肆宣扬自己。但现在，我感觉他们改变了方向，希望通过这次在纽约的高调访问和在联合国演讲的机会尽可能多地制造轰动。"

伊万诺维奇博士眯起眼睛。"我怀疑成功扳倒'公司'这件事使这群年轻的捣乱分子和他们的赞助人胆子更大了。"

卡普兰点了点头。"我觉得你是正确的，伊万诺维奇博士。"

博士不再摆弄那两颗钻石了。一个病态的微笑掠过他的嘴唇，蔓延到他浓密的胡子上。"希望他们在接下来的访问中继续得到如此非凡的媒体报道。这会让我们的爪牙更容易追踪并消灭马克斯。"

马克斯开始向西徒步，将团队成员和联合国总部大楼甩在身后。

她想看看她的老房子，它远在曼哈顿岛的另一边，靠近哈德逊河。马克斯估计她要花四十九分钟才能走完两英里，这给了她足够的时间去思考。

她要在联合国大会说些什么才能帮助世界走上应对全球气候变暖问题的道路呢？

她是否应该告诉大家，要在厨房里养虫子，并把有机废料制成堆肥呢？

她是否应该谈论太阳能电池板下的自行车道呢？

或者，她可以借用阿尔伯特·爱因斯坦的几句话？1947年10月，他通过一封公开信向联合国发表了讲话。他写道："我们陷入了这样一种境地：每个国家的每个公民，他们的后代以及他们一生所从事的工作，都受到了当今世界普遍存在且相当严重的不安全感的威胁。"

1947年，这种不安全感源于原子弹。

今天，则是全球气候变暖。

　　如果任其发展，无论哪一种，都可能使人类从地球上消失。

　　但是马克斯想知道，阿尔伯特·爱因斯坦是否会像她在 CMI 的队友克劳斯一样，对全球气候变暖持怀疑态度。

　　"全球气候变暖的危言耸听者总是说百分之九十七的科学家支持他们，"克劳斯曾对马克斯说，"但请记住，在 1931 年德国出版的《一百名科学家反对爱因斯坦》一书中对你亲爱的教授的攻击。"

　　当面对一百名科学家排队反对他时，爱因斯坦曾说："如果我是错的，那么一个就够了！"

　　换句话说，克劳斯不在乎世界上百分之九十七的科学家是否认为全球气候变暖是真的，因为他知道他们都错了。

　　马克斯不确定爱因斯坦在全球气候变暖问题上的立场。也许他会忙于理解和解释整个宇宙，无暇顾及宇宙中旋转的一颗行星。

　　她希望自己能问问他的看法。

　　马克斯来到了"马厩"，这是一个面向低收入租户的全新公寓楼。它曾经是中央公园马车的马厩。那时，马克斯和其他几个无家可归的人免费住在上方的楼层。在 CMI 的第一次任务后，本买下了这栋破旧的建筑，对其内部进行了改造和翻新，并将整个地方变成了马克斯和所有无家可归的朋友们的安乐窝。

其中一位老朋友肯尼迪先生，站在大楼前的人行道上，凝视着一辆黄色出租车凸起的引擎盖。出租车司机正盯着他。马克斯以前的另一个邻居拉比诺维茨太太也是如此，她紧紧抓着胸前的棕色杂货袋，摇着头。她旁边还站着一个大约五岁的小女孩。

"发动机坏了。"拉比诺维茨太太说。

"没有坏。"肯尼迪先生说，尽管他看起来像一只泰迪熊，但他的声音听起来总是很粗鲁。"这只是一个漏水的散热器。"他说。

"但是我的车库远在皇后区。"出租车司机说。

马克斯走上人行道，加入了他们。"嘿，伙计们。"

"马克斯？"肯尼迪先生说，"你在这里做什么？"

"我想顺便来一下老地方。"

"两天后，她将在联合国演讲。"拉比诺维茨太太说，"是吗，马克斯？"

出租车司机笑了。"真的吗？你多大了，孩子？"

"十二岁。"马克斯说。

"好吧，马克斯。"肯尼迪先生说，他认为拉比诺维茨太太只是在吹嘘她又一个虚假粉丝的故事，"你不会比那些管理那个地方的成年人做得更糟。"

"难道不是这样吗？"出租车司机说。

"马克斯？"拉比诺维茨太太说，"我想让你见见我的侄孙女，希拉·基里鲁克。她五岁半了，喜欢收集水果贴纸。她一直想看看纽约，但是，我从来没有一个足够好的地方让她住，直到你和你的朋友本修好了马厩。"

小女孩伸出手。"嘿，我是希拉。"

"嘿，我是马克斯。让我们看看是否能帮助这个出租车司机，好吗？"

"好的。"

马克斯凑过来，检查了一下出租车的引擎。

"拉比诺维茨太太，我可以向你买几个鸡蛋吗？"马克斯递给她一美元，"两个就够了。"

"嗯，好的，亲爱的。"

拉比诺维茨太太拿了钱，从放在食品袋顶上的纸板盒里取出两个鸡蛋。

"计划吃一顿迟到的早餐？"她问。

马克斯笑了。"不是的，夫人。"她转向出租车司机，"我可以暂时解决你的散热器漏水的问题，司机先生。"

"用鸡蛋？"出租车司机满脸怀疑地说。

马克斯点了点头，指着散热器上发出咝咝声的地方："是那个漏水吗？"

"是的。"肯尼迪先生说。

马克斯敲开一个鸡蛋，然后来回摇动蛋壳，将蛋白和蛋黄分开。她让清澈的蛋液滴到漏水的地方。

"这是在做什么？"出租车司机说。

"这应该可以解决漏水的问题。"马克斯解释道，"你看，散热器的热量应该会把蛋清煮熟，而压力将迫使煮熟的鸡蛋进入任何孔洞，并堵住它们。这段时间足够你把车开到皇后区那个修理厂了。"

"嗯，我会的。"出租车司机说，他的散热器不再发出咝咝的声音了。

"这就是为什么我们叫她马克斯，"肯尼迪先生大笑着说，"她是我见过的最聪明的孩子①。"

---

① 马克斯的英文名为 Max，英语含义为"最……的"。

"她是个天才！"五岁的希拉补充道。

这时，一个陌生的男人走上人行道。

一个二十多岁的男人。

"你是马克斯·爱因斯坦？"这个年轻人说。

他穿着雪地迷彩 T 恤和配套的宽松裤子，还背着一个小运动包。

"真是难以置信，我能在街上碰到你。今天一定是我的幸运日。"

那个人弯腰去拉开他的背包拉链。

马克斯准备跑了。

因为那个穿雪地迷彩服的家伙看起来很像在格陵兰岛融化的冰川上追赶马克斯和西沃恩的人。

转身时，马克斯的心跳加速。

她需要逃跑！

但是穿雪地迷彩服的人速度很快。他弯下腰，拉开背包的拉链，迅速拿出了一份当天早上的小报。

"能给我签个名吗？"他问。

马克斯的脸出现在报纸的头版，在一个横幅标题下，醒目的大号字写着：地球着火了，马克斯也要火了！

"嗯，看看那个，"肯尼迪先生看着标题说，"你真的要去联合国演讲了。"

马克斯点了点头，说道："后天。"

"我是你的超级粉丝，马克斯。"那个穿着雪地迷彩服的家伙说，他穿这件衣服可能是因为他觉得这让他看起来很酷。这时，他拿出一支笔。

马克斯接过笔，在报纸的头版潦草地签上了她的名字。

"你打算在演讲中说些什么？"她的粉丝急切地问道。

马克斯笑了。"好问题，我最好回酒店继续思考一下演讲内容。"

"哦，是的，"拉比诺维茨太太说，"在公共场合演讲，准备是关键。就像本杰明·富兰克林说的，不做准备就是准备失败。"

希拉听到这句话后，朝她使了一个眼色。

马克斯笑了。谁知道拉比诺维茨太太讲话会如此精辟呢！或者，谁会知道她的侄孙女如此可爱呢！

马克斯向她的新老朋友告别，散步回到东部，她

从容不迫地在熟悉一些的老地方逛了逛。米氏面店还在第九大道和第 53 街区的交界处。马克斯嗅到了煮熟的饺子和木鱼锅以及炒饭的香味。送餐员们骑着自行车，载着沉重的棕色食品袋。马克斯和面馆老板林先生一直是朋友。当她住在马厩上面的时候，会时不时地骑着自行车去送餐。那时，她只有十一岁，所以她的劳动报酬总是装在一个纸质外卖盒里——免费的食物。她还可以保留她的小费！

马克斯微笑着，看着面馆散发着水汽的橱窗，这时她深吸了一口气。在玻璃中，她看到了自己，还有站在她身后的人。一个虚构的影子，一个肩膀下垂的男人，他长着一头乱蓬蓬的白发，留着浓密的小胡子。她转过身来。

那是爱因斯坦教授。

不是她在脑海中交谈的那个人，而是真实的爱因斯坦教授。

但是这个爱因斯坦的图像一直在淡入淡出，像一盘易碎的古董磁带上的视频片段，随着时间的推移，磁带已经老化，失去了大部分的信号。马克斯想知道这个图像是否以某种方式跨越了时空连续体。一只脚在现在，另一只脚在过去。

"爱因斯坦教授？"马克斯咽了口唾沫，试图调整自己的呼吸。

"你好，多萝西。"爱因斯坦说，他的脸时而颤抖，时而模糊。

多萝西。如果这些故事是真的，那这就是一对年轻的天才教授夫妇的孩子的名字，他们用狭义相对论时光机把这个蹒跚学步的孩子送到了未来。

没人会叫她多萝西。

除了普林斯顿大学的麦肯纳博士，她一直在研究在马克斯称之为塔迪斯之家的房子里可能会发生的事情，因为那栋房子的地下室里有一台时空机。她头脑中的爱因斯坦总是叫她马克斯。

"你的父母，多萝西……"爱因斯坦说，"你的父母……"他的影子突然开始闪烁。

然后就消失了。

哦，好吧，马克斯想。因为闻了太多糖醋的味道，生姜和酱油在她的脑海里作怪，她出现了一些幻觉。

或者，她真的看到了？

因为有一个小男孩站在人行道上，像棒棒糖一样僵直在那里。他和马克斯一样，目不转睛地盯着阿尔伯特·爱因斯坦教授在消失前短暂出现的空位。

第六章　演讲

　　走回酒店大堂时，马克斯仍在思考她看到的一切，或者说她真的看到了吗？

　　"你去哪儿了？"安娜问道，"你已经走了好几个小时了。"

　　"我需要整理一下思路。"

　　"你看起来像刚刚见鬼了一样。"

　　也许我真的见鬼了。

　　"我很好。"马克斯苦笑着说。安娜在市场营销方面是个奇才，但可能对爱因斯坦的整个时间旅行概念不太了解。当然，这也源于她对光速与时间关系的研究较少。

　　"听着，"安娜说，"后天你就要演讲了，这次演讲决定着很多事情，也许决定着所有事情。"

"是啊。"马克斯说，没有加上"不要提醒我"这句话。

"你一般在公众面前表现如何？"

马克斯扬起眉毛。"僵直石化，基本上是这样。"

"可以理解，"安娜说，"你是一个思想家和实干家，不是一个爱说话的人。来吧！"

"去哪里？"

"会议室，让我给你一些关于演讲的建议。"

"其他人还在里面吗？"马克斯能感觉到她内心的恐慌警报在响。

"没有，他们去吃饭了。克劳斯想尝尝纽约著名的香肠和胡椒三明治。会议室里只有咱们两个。"

"谢谢！"

马克斯和安娜走进空荡荡的会议室。

"那么，你的演讲进行到什么程度了？"安娜问道。

"不太好，"马克斯说，"我一个字都没写。"

"没关系，你还有今晚和明天一整天的时间。我觉得你对演讲的恐惧可能会阻碍你写下所有你要说的事情，因为你不得不在公众面前说这些话。"

马克斯点了点头。安娜既擅长宣传营销，又擅长心理分析。

"好吧，这是我的最佳建议。首先，说说你知道的事情。这样，听众会感受到你对这一话题的热情。写完稿子后，我们要开始练习演讲，练习再练习。之后，参观你将要演讲的现场。好吧，你不可能真的去参观，但是你可以研究一下。可以在网络上搜索一下关键词。在你正式演讲之前，通过搜索，你会对你将要去的地方有更好的了解。"

马克斯在心里记着笔记，把所有建议都铭记于心。

"专注于你的信息，同时你要确保只有一个主要的信息。把所有东西都和这个主要的信息联系起来。避免使用'基本上''好吧'和'嗯'这样的词。这是联合国，他们不想听你一直说'嗯嗯嗯'。"

"明白了。"马克斯说。

"在人群中找到一张友好的脸，"安娜指导道，"比如我。假装你只是在和那个人说话。"

"好吧。"

"因为那就是你正在做的事，马克斯，你在跟我说话。"

"我知道。"

"你做得很好。所以,在演讲时也要做同样的事情。假装其他人都不在里面。我想这是我的第一条建议,马克斯。要开口说话,不要介绍。早在 1863 年,一个叫爱德华·埃弗雷特的人被认为是他那个时代最伟大的演说家,他在宾夕法尼亚州的葛底斯堡战场上进行了两个小时的演讲。但是我记得那天发言的另一个人,他叫亚伯拉罕·林肯。他只演讲了两分钟。"

"谢谢你,安娜。你很擅长这个。"

这时,有人敲了敲会议室的门。

"进来。"在马克斯点头同意后,安娜说。

机器人里奥大步走进房间,他一直在克劳斯的房间里。"我在监察查尔和伊莎贝尔不在时的安全状况。"他说。

"我讨厌打扰别人。"里奥说。

"没关系,"马克斯说,"安娜正在帮我准备演讲稿。"

"一定要站直,马克斯,"里奥说,"问候你的观众。或许可以面带微笑地用一个笑话开场。"

"好的。"马克斯说。似乎每个人,不管是人类还是机器人,都比马克斯更了解演讲。

"有没有什么新消息？"安娜问道。

"卡普兰女士下落不明。"里奥说。

"什么？"马克斯说。

"她已经缴纳了保释金，被释放了，但是她今天没有出现在应该出现的法庭上。就像他们说的那样，她失踪了。一个逃犯，通过缴纳保释金而逃跑的罪犯。在我看来，她也是一个非常严重的威胁。也许你应该重新考虑在联合国演讲的事。"

好吧。

这真的是个很大的问题。

我得写一篇演讲稿，我必须背诵它。在代表整个世界的重要人物面前演讲。

而且，我还得提防卡普兰女士的报复。

她转向里奥。

"谢谢你的提醒，里奥，但我必须这么做，演讲要如期进行。因为你猜怎么着？留给这个世界的时间已经不多了。"

在那个重大日子的早上，马克斯一边吃早餐，一边看电视新闻。

不像她的英雄阿尔伯特·爱因斯坦，她吃了麦片和香蕉。爱因斯坦早餐喜欢吃煎蛋、蜂蜜和蘑菇。黏糊糊的蘑菇，有点反胃，更何况上面还涂着蜂蜜。

马克斯希望克劳斯和她看的是同一个频道。因为在看了新闻网的"特别天气预报"后，她不相信克劳斯还会继续否认气候变化。死亡谷记录的温度已经超过一百三十华氏度①；加利福尼亚州的野火蔓延了一百多万英亩②的土地；俄勒冈州和华盛顿州也在熊熊燃烧；两股飓风同时席卷了墨西哥湾。这一切都是在全球平均气温仅上升一摄氏度的情况下发生的。

当气温上升两摄氏度时会发生什么？

马克斯意识到，她不奢望在联合国演讲。如果还来得及的话，她只希望在为时已晚之前给这个世界敲响警钟。

有人敲响了她酒店房间的门。

是安娜。

---

① 华氏度：非法定计量单位中的华氏温度单位。符号℉。当 x 华氏度换算为以摄氏度表示时，则为（5/9）(x–32) 摄氏度。
② 英亩：英制中的面积单位，1 英亩合 4046.86 平方米。

"你准备好了吗?"她问。

"差不多吧。"

"太好了，我和你一起去。我们可以在途中做一些演讲前的媒体采访，为你的重要演讲建立悬念和期待。"

"如果你不介意的话，安娜，我想一个人去联合国。"她轻轻拍了下自己的头，"这样我就有时间再排练一次。"

安娜叹了口气。"好吧，如果你确实需要这么做的话，我配合。但是你得戴顶滑雪帽或者棒球帽，又或者浴帽，遮住你标志性的红色鬈发。如果不这样做，你在到达安检口之前就会被人群包围。"

"好主意，我要戴一顶洋基队的帽子。"

"真棒，再戴上太阳镜吧。我会在安检口与你会合，陪你去休息室。那是你在发言之前候场的地方。"

三十分钟后，马克斯把头发塞在酒店礼品店出售的纪念棒球帽内，她拖着沉重的脚步走出大厅，向街对面的联合国大楼走去。

她停下来欣赏了一下联合国的非暴力雕塑，这是一个巨大的青铜复制品，是一把357马格南左轮手枪，枪口打了一个结。它是由瑞典艺术家卡尔·弗雷德里克·雷乌特斯韦德为纪念他已故的朋友约翰·列侬而创作的。这是参观者走进位于第 46 街和第一大道的联合国入口处的广场时看到的第一件艺术品。

当然，它象征着联合国在努力解决世界和平问题中所起到的作用。

"暴力有时可能会迅速清除障碍，"爱因斯坦的声音在她脑海中响起，"但它从未证明自己是有创造力的。"

"而现在，暴力来自大自然。"马克斯说。她大声地说着。尽管和她交谈的爱因斯坦是她脑海中的那个，而不是她认为自己在面馆外看到的那个。"当然，她从我们人类那里得到了不少帮助。"她说。

"的确如此，"爱因斯坦说，"但我对你有信心，马克斯，还有所有和你同龄的人。我希望有一天，你们这一代会让我这一代感到羞愧。"

"你在给日本小学生的信中也写到了这个。"马克斯说。

一对游客盯着她看。不是因为他们认出了她，而是因为她在自言自语。

她敲了敲耳朵，似乎表示她在打电话，尽管她没有戴耳机。

"1947年，你还给联合国写了一封公开信。"马克斯说。

现在更多的人看着她。一些人脸上带着困惑的表情，好像在说："1947年我甚至还没出生。"

"是的，"她内心的爱因斯坦回答道，"我也在做你正在尝试做的事情，恳求世界各国打破这种恶性循环，这是人类历史上从未出现过的情况。"

马克斯到达了安检口，安娜在那里等她。

其他人也是，包括克劳斯。

"你能行的，马克斯！"基托喊道。

"你会很棒的！"西沃恩补充道。

"我相信你，"克劳斯喊道，"只是不相信你的科学。"

马克斯的喉咙有点哽咽。她从未真正拥有过家庭。她是个孤儿，一直露宿街头。但是现在呢？她有一大群兄弟姐妹——整个CMI！他们都在为她加油。

马克斯从来没有觉得自己如此渺小。

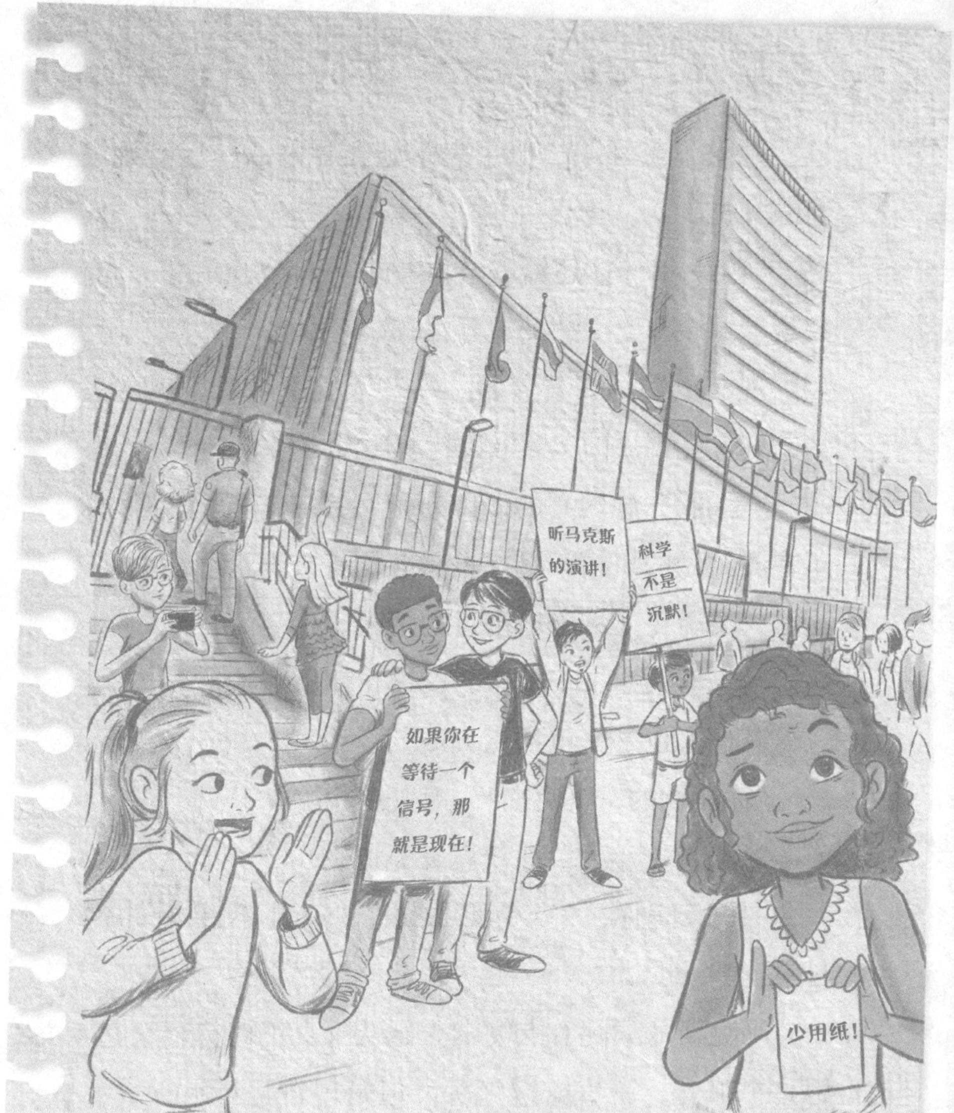
听马克斯
的演讲！
科学
不是
沉默！
如果你在
等待一个
信号，那
就是现在！
少用纸！

为了让观众看到她，她必须站在巨大的大理石发言台后面，踩在一个木箱上，发言台上放着一对麦克风，摆在绿色的大理石墙前。几十年来，各国总统、总理和其他政要都曾在这里发表过讲话。

看起来，这个巨大的礼堂里的一千多个座位似乎都坐满了人。她的演讲将被同步翻译成联合国通用的六种官方语言：阿拉伯语、汉语、英语、法语、俄语和西班牙语，这样人们就都可以听懂了。

她深吸一口气，假装自己只是在和一个人说话，而不是和一千多个人说话。她试图从人群中找到安娜，但强烈的灯光直射她的眼睛，她看不见安娜在哪儿，所以她把注意力放到了礼堂后面的一个影子上。那是一个陌生人，希望是一个友好的陌生人。

她再次深吸一口气，平静下来，然后开始演讲。

"几年前，你们听到过年轻的环保主义者格里塔·滕贝格说的话，她说：'我不应该在这里，我应该回到大洋彼岸的学校。然而，你们来到我们年轻人中间寻求希望。你怎么敢这么说！'

"也许格里塔那天告诉你们的事情值得我们再次思考，人类正在受苦，人类正在死去，整个生态系统正在崩溃。我们正处于一场大规模灭绝的开端，这场灭绝可能包括全人类。

"毫无疑问，或许你们还记得，格里塔明确指出，三十多年来，关于气候变化的科学一直非常明确。但是，你们可能不记得，将近一个世纪前的 1947 年 10 月，我心中的另一位英雄阿尔伯特·爱因斯坦教授在写给联合国大会的一封公开信中告诉你们的话。他提到了原子弹可能带给全球的毁灭性威胁。那么现在，如果不改变生活方式，我们将面临一个由气候变化带来的新的毁灭性威胁。

"也许这种毁灭不像某些人按下按钮，用原子弹摧毁地球那样瞬间发生，因此也不像他们那样引人注目或令人恐惧。但是，毫无疑问，我们今天面临的威胁同样可怕。因为，正如爱因斯坦所写的那样，'我们陷入了这样一种境地：每个国家的每个公民，他们的后代以及他们一生所从事的工作，都受到了当今世界普遍存在且相当严重的不安全感的威胁。'曾经，这种威胁是原子弹。如今，我们面临着另一种迫在眉睫的威胁——全球气候变暖带来的气候危机。1947 年，爱因斯坦教授寄希望于联合国，他敦促你们为'维护国际和平与安全'这一宗旨服务。

"今天，像那些在我之前的许多人一样，我也敦促你们这样做。通过消除对我们生存的威胁来保障全世界的福祉，不惜一切代价扭转我们目前面临的局面。如果我们不采取行动，我们的地球将处于重度危险之中。地球上将会有更多五百年一遇的粮食危机，更多的火灾、干旱。海平面将会上升，海岸线将被重新划定，农业将遭受巨大影响，森林火灾将会频发，植物和动物将会消失。正如你们的秘书长指出的那样，气候变化的速度比我们的行动速度还快。

"但是，并非一切都是阴霾和厄运。如果我们团结起来，从现在开始行动，我们就还有希望。你们知道吗？我们慷慨的太阳每小时传送给地球的能量比全世界每年消耗的能量多得多。我们只需要运用大脑去利用它。

"可再生能源正在蓬勃发展。最近的一项研究预测，清洁能源技术成本低、效率高，如果允许的话，它们将在未来二十年内取代化石燃料成为我们的主要能源！

"政治风向也在围绕这个话题发生转变，我和其他年轻人正在朝这个方向前进，因为未来才是我们需要花费大部分时间的所在。全球的孩子对成年人的不作为感到愤怒。正如格里塔所言，我们不能再通过遵守规则来拯救世界，因为规则必须改变！"

马克斯停顿了一下，试图以某种方式锁定来自整个礼堂的目光。

"瞧，"她说，"我们都知道拯救未来是正确的。这不容易，但这是对的。所以让我们一起努力，做正确的事情。让我们拯救每个国家唯一共有的东西：我们的地球。谢谢大家！"

第七章　新的成员，新的行动

马克斯说完，观众们立刻沸腾了起来。

似乎在场的一千多名观众都站了起来，为马克斯热烈地鼓掌。欢呼声回荡在高高的天花板上，回荡在大理石覆盖的墙壁上。

礼堂里的灯亮了，马克斯可以看到她 CMI 的朋友们坐在房间靠后的座位上，一群政要的后面。基托在大声欢呼，西沃恩举起两根手指吹着口哨。朋友们的欢呼声比任何人的声音都大。

除了克劳斯。他仍然坐在那里，摇着头，还把手机放到了膝盖上。马克斯可以看出，要让克劳斯和世界上所有否认气候变化的人相信，他们的生命和整个人类的生命都处于严重的危险之中，光靠一场激动人心的演讲是远远不够的。

马克斯走下发言台，走进人群。她与大家握了握手，一起拍了几张照片。

"说得好，年轻的女士。"一个带着浓重俄罗斯口音的男人说。他还有一头蓬乱的黑发和浓密的黑胡子。马克斯咧嘴笑了笑。这个俄罗斯男人让她想起了爱因斯坦教授。那个男人的握紧的拳头里似乎滚动着什么东西。不管是什么，它一直发着咔嗒咔嗒的声音。

"谢谢你。"马克斯说。

"我是奥列茨卡·伊万诺维奇博士。我是作为俄罗斯常驻联合国代表的客人来到这里的。"那人微微鞠了一躬，"我是特地来听你演讲的，马克斯。我一直怀着极大的兴趣关注着你所谓的全球冒险，如果可以这样说的话。很荣幸终于见到了你，当然，也很荣幸能聆听你的演讲。"

"谢谢你，"马克斯说，"我也非常荣幸见到你。"马克斯附和着这个俄罗斯人的话，试图让自己听起来像个外交家，这似乎是在一群外交官中应该做的事情。"现在，如果你不介意的话，我想回到我的团队那里。"她说。

"好的，"伊万诺维奇博士说，"CMI，查尔和伊莎贝尔已经重新归队了吗？"

这让马克斯感到惊愕。

"请问？"她说。这场看似平淡的谈话刚刚发生了一个奇怪的转变。伊万诺维奇博士是怎么知道查尔和伊莎贝尔的？这两位成员通常在行动中担任 CMI 的安保人员。

这两名技术高超的人并没有和团队成员一起待在纽约。他们也没去过迈阿密或格陵兰岛。可能是因为随着"公司"倒台，CMI 的威胁程度理论上已降为零。

马克斯眯起眼睛，开始研究起伊万诺维奇博士煤黑色的眼睛。"你是怎么知道查尔和伊莎贝尔的？"

伊万诺维奇博士耸了耸肩。"我说过，我是 CMI 的超级粉丝。我知道所有的成员和所有的故事。啊，我看到本在观众席。"他转头向礼堂后面招了招手，"请向你的赞助人转达我最诚挚的问候。"

"他认识你吗？"

"不认识。但是，也许有一天他会认识我的。马克斯，享受你在纽约剩下的时光吧。"

马克斯点了点头，接着从这个越来越令人毛骨悚然的俄罗斯人身边走开。只见他转身与俄罗斯代表团的其他成员去聊天了。她听到其中一个男人笑着说："Rozygrysh①！"

"看着点路，马克斯。"

说话的是安娜。马克斯差点撞到她，因为她退后时，眼睛还盯着正在咯咯笑的俄罗斯人。

"你在上面说得很好，"安娜说，"你不是在演讲，而是在讲话，而且是发自内心的。另外，媒体也喜欢你。我想让你和几家电视台的国际记者聊聊。但遗憾的是，本不让我这么做。"

"为什么不让呢？"

"他想让你见一个人，马上。我们回酒店吧。"

"谁？"

安娜耸了耸肩。"不知道，他刚才告诉我是团队的新成员，有人来代替哈娜了。"

那是另一个俄罗斯人。

一个叫阿列克谢的年轻人，不像伊万诺维奇博士

① Rozygrysh：俄语，骗局的意思。

那样令人毛骨悚然。事实上，阿列克谢非常英俊，有着柔软的金发和炯炯有神的蓝眼睛，脸上带着天真和稚气。

"你好。"当他们在酒店小会议室见面时，马克斯说，"那么，你是植物学家？"

阿列克谢咧嘴一笑，脸颊上出现了酒窝。

"不是。"他俏皮地扬了扬眉毛，"对不起，你家里的植物有问题吗？"

阿列克谢有一点点俄罗斯口音。

"没有，"马克斯感到有点尴尬，"事实上，我家没有养任何植物，只是他们告诉我你要取代哈娜。"

"哦，那个内奸哈娜啊，你们需要新的内奸吗？"阿列克谢问道，脸上挂着一副动人的微笑，"有人背叛了你，但是请注意，并不是所有的植物学家都是内奸。事实上，我知道许多植物学家都致力于打败从地底破坏他们花园的啮齿动物。"

马克斯大笑起来。"好吧，既然你不是植物学家，那你的专业领域是什么？"

"没有任何和科学相关的东西。"

"嗯？"

　　这个回答说不通。CMI 招募的孩子都是在各个科学领域有着天才般解决问题能力的人。地球科学、计算机科学、天体物理学、量子物理学、生物化学、形式逻辑学等，他们都专注于科学、技术、工程和数学。

　　"我更像是一个人文主义者，"阿列克谢解释道，"我会说七种不同国家的语言，能读十四种不同语言的书，我也是一个作家。"

　　"你用哪种语言写书？"

　　阿列克谢又笑了。"大部分的语言都可以。"

　　"你懂俄语吗？"

　　"是的。"阿列克谢说。

　　"那么，rozygrysh 是什么意思？"

　　"骗局。"

　　马克斯点了点头。她现在明白了，伊万诺维奇博士完全是在用奉承的话误导她。他不关心全球气候变暖，他和他那些窃笑的朋友认为，气候变化是一场"疯狂的骗局"。他们和克劳斯一样，都否认全球气候变暖。

　　"我是一个会讲故事的人，马克斯，"阿列克谢说，"这就是本邀请我加入你们的原因。你知道为什么像格自我提示：为画画，请购买彩色铅笔！

蓝蓝的眼睛

金黄的头发

里塔·滕贝格这样的年轻环保主义者如此成功吗?"

马克斯摇了摇头,因为她真的想听听阿列克谢接下来会说什么。

"因为他们不再讲述北极熊被困在浮冰上的故事了,而是开始讲述气候变暖威胁到人类自身的故事。他们的信息不是关于拯救雨林或鲸鱼,而是关于食物短缺威胁到了邻居的农田和生计;关于他们后院燃烧的野火;关于泥泞的洪水侵袭小镇时,珍贵的家庭合照被摧毁。他们还谈到,对父母和祖父母将生态灾难留给下一代感到无比失望。但是正如你在演讲中指出的……"

马克斯有点脸红。"你看了我的演讲?"

阿列克谢点了点头。"现场直播,我在手机上看的。还有,马克斯?"

马克斯咽了咽口水。"嗯,我在听。"

"你说得很好,极富热情。而且,正如你所说,并非一切都是阴霾和厄运。我们需要讲述积极的故事,突出优秀的解决方案。例如,在卢森堡,公共交通对所有人都是免费的。免费乘车当然很棒,我是说,谁不喜欢免费乘车呢?但是免费的公共汽车和火车意味

084

着街上的汽车会减少。这将减少卢森堡的温室气体排放。我们写的越多，谈论的越多，就更有能力建立一个更加绿色的未来，我们给人们的希望越大，就越有可能实现这个未来。"

马克斯点了点头。她可以听阿列克谢讲一整天。

"你应该做这个代言人的，"她告诉他，"而不是我。"

阿列克谢摇了摇头。"对不起，我只是来助你们一臂之力的，马克斯。你是这场运动的代言人，我不太喜欢成为焦点。"

欢迎加入团队，马克斯想。

"但是，"阿列克谢说，"我可以帮你发现和塑造故事，使你的理念深入人心。"

"用不同的语言？"

阿列克谢点了点头。"如果需要的话。"

马克斯的手机嗡嗡作响，阿列克谢的也是。

他们都查看了手机屏幕。

是本发来的短信。

CMI：

我们有了下一个行动。

请立即到会议室报到。

这将是一个大行动！

第八章　获得资助

　　马克斯和阿列克谢离开小会议室，沿着大厅走向大会议室，整个团队都聚集在那里。

　　"哦，太好了，"他们进来时，本说，"各位，这位是代替哈娜的人，阿列克谢。"

　　"这位兄弟是名植物学家？"基托用沙哑的声音问道，"因为我妈妈的草坪需要修剪……"

　　"他是一个人文主义者。"马克斯说。

　　"嗯，我们都是人类，"克劳斯说，"这没什么特殊的，兄弟。"

　　"人文主义者，"阿列克谢带着他那动人的微笑解释道，"我们研究人文学科，比如，语言、文学、哲学、历史——"

克劳斯挥手打断了他。"你说的这些就是他们让我在大学里学的那些无用的东西？"

阿列克谢的笑容很灿烂。马克斯看出他并没有自视过高——不像克劳斯。

"是的，"阿列克谢说，"基本上是这样。我主修的就是那些他们要求你们学完之后才放你们去实验室的科目。"

听闻此话，整个团队的人都笑了。阿列克谢超级有魅力。

西沃恩看到了马克斯的眼神，她眨了眨眼。她能看出马克斯可能对这个新来的孩子有些好感？她对本也有过类似的好感，但最近，本有点冷漠和疏远。他似乎已经好几个月没有和马克斯吐露心事了。另一方面，阿列克谢是一股新鲜的血液。也许是因为他并不完全关注科学。

"欢迎你，阿列克谢，"安娜说，"本让我加入CMI，是为了强化CMI的宣传。通过合作，相信我们可以塑造我们的故事，并将其语境化。"

阿列克谢点了点头。"当然可以，或者说我们一定可以，你知道的，我们要讲好故事。"

"那肯定的。"安娜微笑着说。

"我还想让你们见见另外一个人。"本说。他在控制台上按了几个按钮，打开了一个视频聊天。一个穿着商务套装的男人的脸出现在大屏幕上。

马克斯并没有去看那个男人。她把注意力集中在他身后那面墙上的一个闪闪发光的银色标志上：BPW石油公司。

"伙计们，"本说，"来见见我们的新赞助商吧，从澳大利亚远道而来的奥利弗·伍德赛德先生，他是澳大利亚最大的石油和天然气公司的高管。"

"大家好，伙计们。"屏幕上的中年人微笑着说。

会议室一片寂静。

本紧张地摸了摸他黑色 T 恤的领子。"嗯，伍德赛德先生和 BPW 石油公司投资了我们下一个大行动，这是一大笔钱。"

"乐意效劳。"伍德赛德先生高兴地说。

大家仍然呆呆地看着屏幕，简直难以置信。一家石油公司愿意帮他们对抗全球气候变暖？这不可能。

最后，西沃恩举起了手。

"什么事，西沃恩？"本说。

"他是石油公司的高管？你到底在想什么，本？"

伍德赛德先生愉快的笑容瞬间有点黯淡了。

西沃恩继续说道："他们是从化石燃料和碳排放中获利的人。他们是'吸油鬼'，几十年来，他们误导公众，帮助传播否认气候变化的言论。"

"哦？"克劳斯讥讽道，"你的意思是他们是帮助传播真理，对抗海啸般伪科学的人？"克劳斯向这位石油公司高管竖起了大拇指。"这就是让我们的汽车保持运转，让我们的家保持温暖的人吗？很高兴你能加入我们，伍德赛德先生。"他说。

"谢谢你，年轻人。"石油公司高管说。

"本，"安妮卡说，她的德国口音显得比平时有些急促，"你让一位石油公司的高管或他所在的公司参与我们当前应对气候危机的行动，这根本不符合逻辑。"

"你为什么还要寻找企业赞助商？"维哈恩问道。

"是啊，"托马说，"你很有钱，自己可以赞助一切，对吗？这是怎么回事？"

本在回答前一直在眨眼。"我在这种特殊情况下，因为行动的范围，更不用说我在其他一些领域的投资需要帮助。"听起来他像是在隐瞒什么。

他是不是遇到了什么严重的财务问题？马克斯想。这就是为什么本看起来如此冷漠疏远和心事重重吗？这就是查尔和伊莎贝尔不再随团队一起行动的原因吗？也许本无力支付他们的薪水。他是以某种方式挥霍了他继承的财产吗？

"你们几个？"阿列克谢对围着桌子发牢骚的人说，"也许我们应该听听伍德赛德先生和本对 CMI 的规划。"他转向营销专家安娜，对她笑了笑，"对吗，安娜？BPW 石油公司的赞助可能会帮我们拓宽交流平台。"

"没错！"安娜说，她理解了阿列克谢的思路，"如果我们要讲述一个我们如何团结在一起的故事，还有谁比一家大型石油公司更适合加入这个故事呢？"她转头看着屏幕。"伍德赛德先生，你有孩子吗？"她问。

那人点了点头。"有三个，他们比你们的年纪小一点。"

"你希望他们健康长寿，对吗？"

"当然。"

"棒！"安娜说，"那我们就有属于自己的故事了。"

阿列克谢咧嘴一笑，向马克斯眨了眨眼。"我们肯定会有的。因为，就像安娜说的，我们团结在一起。"

"好的，"本说，"阿列克谢、安娜，谢谢你们帮我向大家解释。其实，我决定与 BPW 石油公司合作还有一个原因。他们已经在做一些伟大的事情了，我们可以借助这股力量。这是一种利用地球工程学对抗全球气候变暖的方式。"

"那我洗耳恭听。"地球科学家西沃恩说。

克劳斯看起来准备拿西沃恩的耳朵开玩笑，西沃恩仿佛知道他在想什么，狠狠地瞪了他一眼。于是克劳斯把注意力转向了屏幕。

"太好了，伍德赛德先生，"他说，"让我们用地球工程学来解决你我都知道并不存在的问题，或者我们可以浪费时间看着油漆变干。"

"伍德赛德先生？"马克斯说，她开始负责起会议的主持工作，因为，总得有人这样做。本不喜欢冲突，这就是为什么他通常不参加行动。"你的伟大想法是什么？"她问。

"我们已经开始在澳大利亚做一些修补工作了，"本说，"海洋云层增亮。"

"这是一个有希望的选择。"西沃恩说，她的语气稍微缓和了一些。

"你是怎么让云层增亮的？"基托问道，"把聚光灯照在那些看起来像小马和鸭子的云上？"

克劳斯和基托击了个掌，这是男孩间的交流方式。

"事实上，"西沃恩说，"这是为冷却地球而谈论最多的地球工程理论方案之一。"

"没错，"伍德赛德先生说，"BPW 石油公司给当地一所大学提供了一笔非常慷慨的研究经费，以启动他们这个项目。现在，在年轻的本的帮助和你们的参与下，我们准备好向世界展示我们所做的一切了。这包括从船上向云层中喷洒盐水。"

西沃恩点了点头，接下来，她向队友们解释了什么是"云层增亮"。

"盐有助于水蒸气凝结成液体，产生水滴。水滴越多，云层就越大越亮。这些更亮的云将会反射更多的阳光，帮助地球降温。"

"所以，就像给地球戴上一副太阳镜，"阿列克谢观察道，"镜像太阳镜。"

"没错。"西沃恩说。

"我一听到这个想法，就非常喜欢，"本说，"这个想法很伟大，也很大胆。"

"这肯定会吸引人们的注意。"安娜补充道。

现在，马克斯举起了手。

"什么事，马克斯？"本说。

"项目是否已经在进行中？"

"哦，是的，"伍德赛德先生说，"在本的帮助下，我们筹集了足够的资金，为一整支船队配备了他们所需的水泵、喷嘴和其他设备，对盘旋在大堡礁上空的云层成功地进行了喷洒。"

"那你为什么还需要我们？"马克斯问。

"因为，"安娜说，似乎答案是显而易见的，"你刚刚在联合国演讲过，马克斯。世界正期待着你，新的爱因斯坦，应对气候危机方面的天才领导。如果你在那些云雾缭绕的船上，我保证所有的媒体平台都会报道这件事情。西沃恩也应该在那里，谈谈云层增亮背后的地球科学。随着 CMI 的出现，新闻界将把过去的大学研究项目变成新闻的头条。"

"尤其是在我们加大投资之后，"本说，他听起来比平时更兴奋，"BPW 石油公司和我一起买了一整支船队，有很多很多的船。"

"这会给我们带来很棒的视觉效果。"安娜说。

"这将是一个精彩的、充满希望的故事，"阿列克谢说，"每个人都喜欢美好的救赎故事。在马克斯和CMI的帮助下，伍德赛德先生和BPW石油公司将会和埃比尼泽·斯克鲁奇一样，在圣诞节早晨醒来，兴高采烈地改掉他们的恶行，在他们的有生之年为世界做些好事。"

房间里的每个人都盯着阿列克谢，连屏幕上的伍德赛德先生也是。

伍德赛德先生说："年轻人，你真行。"

"因为，"本说，"他知道如何讲好故事。"

"而且，"马克斯补充道，"他能用各种不同的语言做到这一点。"

"马克斯，"本说，"你、西沃恩、阿列克谢和安娜应该收拾一下行李，你们四个明天乘我的太阳能飞机去澳大利亚。其他队员和我一起留在纽约，集思广益，提出更多伟大而大胆的全球气候变暖的解决方案。我已经在马克斯的母校纽约大学为你们安排了宿舍和学习的地方。"

"克劳斯能和我们一起去澳大利亚吗?"马克斯问。

本看上去很困惑，他可能想知道为什么马克斯想

要一个全球气候变暖的怀疑者参与对抗全球气候变暖
的任务。

"我们也应该带上里奥,"马克斯说,"以防我们遇
到一些不可预见的复杂情况或复杂计算。"

"无论里奥去哪里,"克劳斯说,"如果我也跟着
去,通常就会很顺利。"

本考虑了马克斯的建议,然后点了点头。"那好,
克劳斯,让里奥做好准备,明天一早就出发。"

"没问题。"他转向屏幕,"伍德赛德先生,那边的
香肠怎么样?"

"你是说澳大利亚这边的香肠吗?"伍德赛德先生
笑着说,"这边的香肠是世界上最好吃的。"

"太棒了,"克劳斯说,"所以现在我有了一个去澳
大利亚的真正理由。"

马克斯摇了摇头,咧嘴一笑,她很高兴克劳斯能
和他们一起去。因为如果能让他相信全球气候变暖是
一个真正的威胁,她也许能说服所有人。

"我希望我们可以去澳大利亚,但也想留在纽约。"
阿列克谢对马克斯说,他们正在一家小沙拉店一起吃

午餐。

这让马克斯想起了她以前和本一起吃饭的时候，肚子里除了食物，更多的是心花怒放。

"但是，"阿列克谢继续说，"尽管我对云层增亮的想法和飞往澳大利亚这件事感到兴奋，但我不确定'伟大而大胆'是不是唯一的途径。有时候，大的解决方案是许多小的解决方案的结合。"

"是的，"马克斯说，话题突然转向了她熟悉的领域——关于阿尔伯特·爱因斯坦的一切，"有了我们所说的'量子叠加'，巨大的物质分子有可能同时占据两个不同的地方。"

"当真？"

马克斯点了点头。"因为每个粒子也是一种波。"

"所以我们可以同时在纽约和澳大利亚？"

"理论上是可以的。当然，爱因斯坦教授并不喜欢这个理论。他对量子纠缠——分离的物体共享一种条件或状态的能力——不屑一顾，他称之为'幽灵般的超距作用'。"

阿列克谢一脸茫然。

"对不起，"马克斯说，"我讲得太科学性了。"

"没关系。我喜欢你的科学。我只是想看看一些规模较小的解决全球气候变暖的方案，这些方案正在纽约试行。当然，所有船只将盐水喷向天空的云层增亮表演将会非常壮观。同时，这场表演将讲述一个令人惊叹的故事，但是还有许多更简单的解决方案。它们本身也是很好的故事，就算上不了电视。有一个我特别想看。"

"那么，我们去看看吧，还有时间。我们明天早上才要乘坐太阳能飞机出发呢。"

"好主意。还有，你猜怎么着?"

"什么?"

"我想看的这个简单的方案涉及植物学!"

阿列克谢和马克斯叫了一辆出租车，驶向城镇方向。

"我想，我们应该告诉本或安娜我们要去哪里。"出租车驶过第 34 街时，马克斯说。

"不，安娜会提醒媒体的。我们低调出行更好，这样你就可以将一切尽收眼底了，而且不用担心所有的摄像机都盯着你。"

阿列克谢想悄悄地参观位于曼哈顿城中的雅各布

贾维茨展览会展中心。

"它拥有美国第二大绿色屋顶，"阿列克谢解释道，"他们把一个吸热的、老式的黑色沥青屋顶变成了七英亩的绿色草地，比五个足球场还大，这就是植物学！"

"酷。"马克斯说。

"没错，"阿列克谢说着，用拇指拨弄着手机，调出一些统计数据，"事实上，有了草、泥土和防水层，绿色屋顶提供了很好的隔热效果。它将会展中心的整体制冷和供热成本降低了 25%，还防止了每年 680 万加仑①的雨水污染附近的哈德逊河。"

马克斯和阿列克谢从出租车上下来，步行到巨大的玻璃立方体建筑前。他们边走边聊，阿列克谢向马克斯讲述了更多的他在网络上搜到的信息，比如绿色屋顶不仅帮助纽约减少了碳排放，还成了某种鸟类、蝙蝠和蜜蜂的保护区。

"他们在那里有自己的蜂箱，还能收获蜂蜜。"阿列克谢解释说。

---

① 加仑：英、美计量体积或容积的单位。1 英加仑约合 4.546 升；1 美加仑约合 3.785 升。

　　那天雅各布贾维茨展览会展中心没有安排会议，这个空旷的地方一个人也没有。马克斯和阿列克谢找到了一名穿制服的保安，他看过马克斯在联合国演讲的报道，认出了她。他告诉她和阿列克谢如何去屋顶。

　　"我们今天正式关闭那里的游览活动，"他说，"但你们两个可以去快速地看一下。"

　　"谢谢你。"马克斯说。

　　"你们这些孩子会喜欢的，那里非常安静，有时候我喜欢在那里吃午餐。你们明白我的意思吗？乘电梯到顶楼，然后走楼梯。屋顶的门没有锁。"

　　"谢谢。"马克斯说。

　　在警卫处签了名后，她和阿列克谢乘电梯到了顶楼，找到了通往屋顶的楼梯口。他们飞快地走上楼梯，来到一组带把手的双扇门前。当阿列克谢推开门时，马克斯注意到门旁边的墙上安装了一个红色的消防水带柜。

　　后来，她很高兴自己注意到了这一点。

第九章　再次被袭击

"哇！"

马克斯和阿列克谢走到屋顶时，对这里心生敬意。

"这太酷了。"马克斯说。

"太棒了。"阿列克谢附和着。

他们面前是一片巨大的绿色海洋。

"我们就像是降落在堪萨斯州中部的一片草地上。"马克斯说。

阿列克谢笑了。"只是我们现在在曼哈顿的中部。"

蜜蜂嗡嗡地进出它们的木质蜂箱。小鸟俯冲下来，轻轻地落在草地上。

"我想那是一只渔鸥。"阿列克谢说，他指着一只白色的小鸟，它正要从栖息的地方飞起来。

马克斯看向他指的地方。

同时，她看到了不喜欢的景象。

一架光滑的黑色直升机从附近的河边飞了过来。它向左倾斜着俯冲下来，在屋顶上空盘旋。飞机上有人扔出了一个绳梯，绳梯一直延伸到场地边缘的一片草地上。

两名身穿黑色迷彩服的突击队员冲出直升机侧门，从梯子上爬下来。

而且这两个人都携带着武器。

"我们得离开，"马克斯对阿列克谢喊道，"马上！"

两个突击队员已经快爬到绳梯的最下面了。

"那些家伙是谁？"阿列克谢回头喊道。

"我不知道！"马克斯说，尽管她怀疑这些穿黑色迷彩服的人与之前那些穿白色迷彩服的人有关。那些人曾在格陵兰岛的冰川上追赶过她和西沃恩。"但肯定不是会展中心的警卫。"她喊道。

马克斯和阿列克谢向门口跑去。在他们身后很远的地方，传来了靴子落在水泥地面上的砰砰声。

这时，马克斯听到一个声音。

她看向阿列克谢，他点了点头。他听出了这种

语言。

"俄罗斯人。"他说着，猛地拉开了金属门。

马克斯和阿列克谢跳了进去，金属门在他们身后砰的一声关上了。

突然，外面传来一声轻响！接着，他们看到一圈流光溢彩的阳光。

"他们的枪口安装了消音器，这种消音器通过调节推进气体的速度和压力来降低枪声。"

"现在不是上物理课的时候，马克斯！"阿列克谢俯下身子，抓住金属门的两个把手，"我不知道怎么锁这两扇门！我们没有钥匙！"

阿列克谢很慌。马克斯不能责怪他，他还不习惯被枪击。而马克斯呢？从在冰川被追击之后，这似乎成了一件家常便饭的事。

砰的一声！另一颗子弹打穿了门，这次是在右边。

"退后。"马克斯命令阿列克谢。

"但是，门没上锁。"

"会锁住的。"马克斯立即行动起来，"快打 911。"

阿列克谢靠在墙边，拨打了电话。

马克斯拉开红色消防水带柜的玻璃门，拉出几码^①长的水带，蹲下身子，把水带拉到身后，向金属门走去。她确保自己压低身体，在神秘追捕者的目标区之外，这个目标区似乎离地约四英尺。

因为他们要射击头部或胸部，马克斯猜测。

他们动真格的了。

砰的一声。另一颗子弹穿过门的顶部，一股阳光透射进来。

巨大的轰鸣声中，那架直升机飞走了。

这两个突击队员是单独行动的。马克斯猜测，那些坏人务必尽快离开，因为纽约的警察局也有直升机。

马克斯敏捷地把水带的喷嘴穿过一个门把手，之后又穿过另一个门把手。她将足够长的水带穿过门把手，这样就可以折回来，将喷嘴绕在水带上，就像她正在给一条笨重的鞋带打结。

"警察已经在路上了。"阿列克谢喊道。

"太好了，帮我把这个拉紧。"

阿列克谢放下手机，帮马克斯拉下尖尖的喷嘴，

---

① 码：英制中的长度单位，1 码合 0.9144 米。

直到水带收紧。

"你觉得这能挡住他们吗？"水带固定好后，阿列克谢问。

"也许吧，"马克斯说，"我们可以系得更紧一些。"

"怎么做？"

"利用物理学知识。"

她跑回到水带柜前，拧开阀门。水涌入水带。一瞬间，注入了大量水的肥大的水带就像一条刚刚吞下太多西瓜的蟒蛇。

穿过门把手的水带鼓起来了。当膨胀的水带收紧并固定住时，门吱吱作响。

"水带里的水压通常在每平方英寸三百到一千二百磅①之间。"马克斯解释道。

"所以它比任何锁都有更好的锁门效果！"阿列克谢说。

"正是。"

突然，门砰的一声关上了。外面有人在猛拉金属门，不过他们很难拉开。门摇晃着，却纹丝不动。水

---

① 磅：英制中的重量单位，1磅合0.4536千克。

压对把手的压力非常大。外面的人开始敲打金属门。远处，马克斯听到了警笛声，似乎来了不少人。

"撤退！马上！"一个人在门外喊道。

马克斯看向阿列克谢。

他呼吸不那么急促了，甚至露出了笑容，虽然只是一个微笑。

"他们要走了，"他叹了口气，说道，"马上。"

"不知道他们是谁，也不知道他们去了哪里。"马克斯告诉本，"我们听到他们的直升机起飞离开了，但不知道追我们的那两个持枪的暴徒去了哪里。当纽约警察局的人拥入屋顶时，他们已经不见了。"

"我敢打赌，他们是从后墙爬下去的，或者用了滑索。"阿列克谢说，"哈德逊河就在那里，他们可能在码头藏了一艘逃跑用的船，又或许是潜水装备……"

本叹了口气。"对此我非常抱歉，马克斯。"

"嘿，阿列克谢也不得不躲避几颗子弹。"马克斯提醒他。

"我知道，"本转向阿列克谢，露出一个傻笑，"欢迎加入我们，阿列克谢。"

本是想开个玩笑。阿列克谢的嘴唇无奈地挤出一个微笑，马克斯却没有。他们三人正围坐在本住的酒店套房的一张桌子旁。

"我们需要查尔和伊莎贝尔，"马克斯生气地对本说，"明眼人都能看出有人要阻止我们。雅各布贾维茨展览会展中心的这件事与冰川上的袭击分不开。"

阿列克谢转向她："你在冰川上被袭击了？"

马克斯点了点头："在那次袭击中，也有一架黑色直升机。本，如果'公司'真的消失了，那么就是有新的人来抓我们了。"

"事实上，"本说，他有时会直言一些可能不应该说的话，"我想是有人要来抓你，马克斯。"

"谢谢你，本。你知道如何让一个孩子有安全感。值得一提的是，今天的追捕者说的是俄语。"

她望向阿列克谢英俊的俄罗斯面庞，想看看是否有丝毫的迹象表明他是个间谍，然而根本没有。如果他是间谍，那也是个好间谍。

本若有所思地点了点头。"我敢肯定，俄罗斯的石油寡头不喜欢我们加入对抗全球气候变暖的运动。事实上，当俄罗斯的北极永冻层开始融化时，他们都非常高兴。因为他们有了大量的新土地去钻探石油。"

"不管是谁在追我们——或者是我——他们都有武器,"马克斯说,"我们需要查尔和伊莎贝尔,本。没有他们,我们就不应该去澳大利亚。"

"我同意,"本说,"你知道的,我会安排。当你到达澳大利亚的时候,让他们与你会合。你只要在夏威夷下飞机时格外小心就行了。"

阿列克谢扬起眉毛。"夏威夷?我很困惑,我以为我们要飞去澳大利亚。"

"中途停留?"马克斯说,她已经在脑子里算过里程了,"需要给太阳能飞机的电池充电,对吗,本?"

本勉强地点了点头。

马克斯继续说:"充一次电的电力不足以让我们从纽约飞到澳大利亚,这是一万英里的路程。"

本叹了口气。"你得在檀香山休整一下,让飞机晒一会儿太阳。未来,当每个人都能驾驶太阳能飞机时,我们就可以在夏威夷更换电池,不需要晒太阳了。"

"可惜我们不能快进到未来。"阿列克谢说。

"是啊,"本说,"如果可以的话,就太好了。"

然后两个人都笑了。这一次,马克斯没有笑。

她太希望能回到过去了。她喜欢生活在不被拿着装了消音器的枪追赶的年代。

那天晚上，马克斯一边思考时间旅行，一边收拾行李，准备去澳大利亚观看大堡礁上空的云层增亮表演。

这时，一个想法突然出现在脑海里，于是她抓起日记本开始涂鸦。

她能不能以某种方式重现她父母在地下实验室所做的事情，也许能使结果变得不同？

她能不能利用爱因斯坦的相对论找到时光倒流的方法？

或者，提出一个新的理论。毕竟，自 1955 年阿尔伯特·爱因斯坦去世以来，世界已经万象更新了。

马克斯能否与家人团聚？父母在她记忆中只是模糊的影子。这一次，也许是从未来逃走，而不是进入未来？

时间或许可以像原子一样被操纵。她满脑子都是量子理论和时间箭头的图像。此刻，她觉得好像有人在身后注视着她，研究那些为她缥缈的思想实验提供燃料的涂鸦。

她坐在椅子上，慢慢转过身。

马克斯看到了他。

阿尔伯特·爱因斯坦。

真正的阿尔伯特·爱因斯坦。

那个在面馆外飘忽不定的人。

"你好，多萝西。"他再次说道，声音断断续续，就像在高速公路上飞驰时，从一个信号微弱的电台收听到的，"联合……国……拯救世界……极度危险……"

然后，他就不见了。

第十章　前往澳大利亚

第二天早上，马克斯、阿列克谢、安娜、西沃恩、克劳斯和里奥乘坐本的太阳能飞机前往澳大利亚。

这一次，机器人里奥和飞行员一起，帮助他们驾驶飞机。这个机器人很适合自动驾驶的飞机。

当飞机在三万英尺的高空静静地飞过美国时，阿列克谢说："这太神奇了。"

"没什么的，"西沃恩说，尽量让自己听起来不那么紧张，"这是我第二次坐飞机旅行。"

"我也是，"马克斯开玩笑地拍了拍西沃恩的肩膀，"它仍然令人惊叹。"

"我知道，"西沃恩说，她完全失去了刚有的冷静镇定，"真是太棒了。"

"我已经把这个消息告诉了一些友好的记者。"安娜说，她的手在空荡荡的空气中滑动，就像在阅读一条新闻简报，"马克斯·爱因斯坦飞往澳大利亚，执行全球气候变暖解决方案：世界上第一架太阳能喷气式飞机。"

"但愿我们穿过云层时不会像石头一样掉下去。"克劳斯双臂交叉在胸前说道。

"有电池！"马克斯、西沃恩、阿列克谢和安娜喊道，仿佛他们提醒了克劳斯千万次。

"它们很适合储存电能，克劳斯，"西沃恩说，"你应该试试。哦，等等。你已经有了，在你手机里。也许你只是需要一些新鲜的东西来补充你的大脑。"

"这个任务完全是在浪费我们的时间，"克劳斯生气地说道，"我们不是在做真正的科学。这甚至不是解决方案的一部分，这只是一个宣传噱头，一家澳大利亚石油公司的公关宣传。"他转向阿列克谢，脸上带着假笑。"难道他们不应该是这个故事中的反派吗，研究人文学科的阿列克谢先生？"他说。

阿列克谢咧嘴一笑。"在满是陈词滥调的故事版本中是这样，但在我们的世界里，他们是为寻找答案和更光明的未来而努力的同胞。”

“一点都不错，”安娜说，“我们特别关注与 BPW 石油公司的这次合作，因为我们需要唤起人们对全球气候变暖的关注，并提出一些可行的解决方案。事实上，就连大石油公司都认识到了这个问题，这对我们来说非常重要。”

“全球气候变暖，”克劳斯轻蔑地说，“这是环境极端分子、假新闻媒体和自由主义者编造的骗局，他们在为更多的大政府寻找借口，或者更糟糕的是，由马克斯在联合国的朋友们管理的世界政府。顺便说一句，这就是为什么他们都站起来为你的演讲欢呼。”

“给你。”西沃恩说着，递给克劳斯一张折页卡片，上面列着三十多个组织，如美国国家航空航天局、美国国家海洋和大气管理局，以及来自世界各地的其他组织。“世界上每一个负责研究气候、海洋和大气的主要科学机构都同意像我这样的地球科学家的观点，即全球气候正在迅速变暖，头号原因是人类排放的二氧化碳超标。”她补充道。

“都是假新闻，”克劳斯说，“你自己说的，他们是世界组织，所以他们当然会为联合国这个世界政府做宣传。"

西沃恩正要说些什么，这时飞机机舱里的公共广播系统传来了里奥的声音。

"这不是机长在说话。不过，她告诉我，我们即将降落在檀香山，很快就会在夏威夷着陆。请系好安全带。"

克劳斯笑着说："我们为什么着陆？因为本的太阳能飞机需要在阳光下给电池充电。"

"不然呢？"安娜说，"一架以石油为动力的飞机也不可能不加油就从纽约直飞澳大利亚。"

"澳洲航空公司正在为此努力，"克劳斯反驳道，"另外，给飞机机翼加油只需要几分钟。这架太阳能飞机还要在跑道上晒太阳？它要停留多久？"

争论一直持续到檀香山机场。

不幸的是，他们着陆时那里正在下雨，太阳藏在一堆翻滚的乌云后面。

克劳斯假笑着。

"看来我们要花更长的时间来充电了，是吧，伙计们？"

终于，太阳出来了。

"在我们准备好再次起飞之前，还需要大约六个小时。"太阳能飞机的驾驶员报告说。

"尽管与本合作的公司在电池密度方面取得了巨大的进步，"里奥说，"但它们非常昂贵。所以，目前没有备用电池。"

"那么，在飞机晒太阳的时候，我们做些什么呢?"克劳斯问道。

"打高尔夫球。"机长向她的副驾驶示意。

马克斯很纠结。

一方面，她不想遇到更多的俄罗斯暴徒，他们可能会跟踪她和太阳能飞机到夏威夷，尤其是安娜已经向媒体告知了 CMI 的计划。

另一方面，他们已经坐了将近三个小时，等待太阳冲破云层，她不能忍受六个小时什么也不做。马克斯很容易感到无聊，她喜欢让身体动起来。

她快速做了一个风险回报分析，而克劳斯咬了一大口刚在背包里发现的蒜味香肠。当他打嗝时，空气中的味道更难闻了。

马克斯做出了决定。

"我们应该去探索这个岛,"马克斯说,"毕竟,气候变化真的会影响夏威夷和其他的岛屿。我也需要呼吸一些新鲜空气。"

她扇着盘旋在她面前的臭味。

"好主意。"阿列克谢说,马克斯又注意到了他轻微的口音。

他轻微的俄罗斯口音。

"太对了,"西沃恩说,"海平面上升是夏威夷和其他岛屿最糟糕的噩梦,甚至可能达到八到十英尺。由于气候变暖,携带疾病的蚊子侵入了山区栖息地,栖息地的所有珍稀鸟类都可能灭绝。"

克劳斯又咬了一口香肠,摇了摇头,翻了个白眼。"这是个骗局,"他拖长音调,"一个——骗——局!"

"我可以为你们安排地面交通,"里奥说道,"也许可以乘坐电动高尔夫球车?"

"好主意,"安娜说着,举起她的手机,"我会抓拍一些你们在这里研究已经造成的环境破坏的镜头。"

"而且,"阿列克谢说,"希望我们也能找到一些关于这些太平洋岛屿在应对气候变化方面的故事。"

"他们什么都不需要做!"克劳斯脱口而出,"几个世纪以来，这些岛屿一直在自我保护。”

"哦，是吗?"西沃恩说，"跟香蕉树说去吧。"

"什么?"

她转向里奥。"安排高尔夫球车吧，伙计。"

"确保它们是电动的!"安娜说。

"不了，谢谢，"克劳斯说，"我想要一辆汽油驱动的。"

"你是说一辆多功能车。"里奥说。

"随你怎么称呼，我只是不想让车的电池和本的飞机一样没电了。"

大约一小时后，两辆车停在了欧胡岛附近的一个香蕉种植园，距离檀香山机场以北十二英里。

里奥驾驶着汽油车载着克劳斯。马克斯驾驶着电动车，车上有安娜、西沃恩和阿列克谢。里奥和克劳斯先到，事实上，他们比马克斯和她的电动车早到了十五分钟。

马克斯不在乎。她很高兴他们的小车队没有被愤怒的俄罗斯暴徒袭击。她真希望查尔和伊莎贝尔在夏威夷见过那架飞机。

"这就是我们需要哈娜的地方。"西沃恩说着，带着其他人走进一片香蕉树林。

"你说什么？"马克斯说，她也许比任何人都记得哈娜在最后一次任务中对团队的背叛。

"植物学家，"西沃恩解释道，"你们可能已经猜到了，夏威夷是美国重要的香蕉商业产地，因为它是一个拥有适宜热带气候的地区。"她在附近的香蕉树上举起一片象耳大小的叶子，绿色的叶子上带着黑色的条纹。"这是感染了黑条叶斑病菌，"她解释道，"它可以使被感染的水果的产量减少 80%。"

"这和全球气候变暖的骗局有什么关系？"克劳斯问道。

"这种病菌会感染潮湿的树叶。"西沃恩解释道，她尽力避免像夏威夷火山一样爆发，吞噬克劳斯的头，"气候变化增加了夏威夷的降雨量。"

"哇，"克劳斯说，"我记得你们说过，全球气候变暖会导致干旱？"

"是的。"马克斯说。

"真的吗？"克劳斯说，"那为什么西沃恩在说强降雨，这恰恰和干旱相反？"

"气候变暖，"马克斯试图解释道，"增加了陆地上水的蒸发量。这导致了干旱和火灾。与此同时，被吸走的水分导致其他地方出现更大、更严重、更极端的暴雨和暴风雪。"

"雪？"克劳斯说，"如果全球气候变暖，怎么会下雪呢？"

西沃恩终于听够了克劳斯的话。

"啊，闭嘴吧，克劳斯。"

马克斯也受够了克劳斯，但是她有一个比往他嘴里塞袜子更好的主意。

趁克劳斯和里奥不注意的时候，马克斯抓起一根树上的香蕉，塞进了克劳斯汽油车的排气管里。

"嗯，马克斯？"阿列克谢看到她往排气管里插香蕉，问道，"你在做什么？"

"简单的科学，"马克斯眨了眨眼，回答道，"使用化石燃料的内燃机需要呼吸才能燃烧气体。它们必须通过进气歧管吸入氧气，通过排气尾管呼出二氧化碳。你堵住任何一端，就像坐在一架没电的太阳能飞机里一样。"

这就是为什么马克斯他们在克劳斯和里奥还没弄

清楚他们的汽油动力车出什么问题之前，就回到了檀香山机场。

他们安全起飞后，克劳斯在去澳大利亚的路上一直噘着嘴。

这可是马克斯的功劳。

克劳斯噘嘴的时候没那么多话。

当太阳能飞机降落在凯恩斯时，查尔和伊莎贝尔正在那里等他们。凯恩斯是澳大利亚最北部的昆士兰州通往大堡礁的门户城市。

马克斯本想拥抱一下他俩，可是她知道他们不喜欢拥抱。

像往常一样，两人都穿着卡其色的衣服，衣服有很多口袋，有很多地方可以藏东西。

查尔和伊莎贝尔没有对别人说过自己的姓氏，但他们都非常擅长使用战术武器。伊莎贝尔也有驾驶任何车辆的绝佳技能，她本可以出演《速度与激情》系列电影中的一部——如果那些车更快、更激情的话。

查尔和伊莎贝尔就像一支双人特警队。他们的目标是什么？不惜一切代价保护马克斯和CMI。本同意再次雇用他们，这让马克斯松了一口气，但她不得不怀疑，装着极其昂贵的电池的太阳能飞机是否对赞助人的银行账户产生了重大影响。那么云层增亮行动中的船只呢？那该有多贵啊？

其实，马克斯知道最后一个问题的答案：足够昂贵。所以本不得不去寻找一个赞助商来分担澳大利亚云层增亮行动的费用。

"本？"查尔对着他的电话说。他和伊莎贝尔的口音都很难辨别，不知道是东欧地区还是中东地区的口音，"团队成员已经安全抵达凯恩斯。"

本还在纽约，和 CMI 的其他天才们一起远程监控着澳大利亚的行动。难道这又是一个财政紧张的迹象？过去，CMI 会不计成本地一起去往任何地方。

"收到。"查尔对本说完，挂断了电话。"我们需要前往港口，"他告诉大家，"船队在等我们。"

"大家都上车吧。"伊莎贝尔说。

"嘿，伊莎贝尔！"当队员们坐进笨重的黑色汽车时，克劳斯说，"你最好检查一下排气管。"

"为什么？"

"香蕉，"里奥说道，"事实证明，它们对以燃气为动力的内燃机来说是相当大的障碍。"

伊莎贝尔拍了拍他们座位的一侧。"好在这是混合动力车。"

BPW石油公司和本在距凯恩斯以北约一小时车程的道格拉斯港组织了一支由六十六艘大型驳船组成的船队。一共七十二艘船,这是一支令人印象深刻的船队。

当马克斯和她的团队到达现场时,很明显,安娜已经完成了前期工作。码头上挤满了电视摄制人员和记者。

他们都想和马克斯谈谈。事实上,他们都想大声问她问题。

"你们怎么来到这里的,马克斯?"一名澳大利亚记者大声喊道。

安娜凑过来替她回答:"乘坐太阳能飞机!"

马克斯接过话茬:"我们来到这里,是为了请人们关注世界各地科学家提出的对抗气候变化的一些伟大而大胆的想法。"

"没错,"石油公司高管伍德赛德先生说,他侧身走向马克斯，这样他的头就在摄像机的镜头里了，"我们认为，BPW 石油公司一个更光明的明天要从今天开始。这就是为什么我们 BPW 石油公司自豪地成为这个云层增亮行动的赞助商。"

好吧，马克斯想。他提到了他公司的名字，并且提了两次，看来物有所值了。

"表演结束后，马克斯将会发言，并回答大家所有的问题。"安娜告诉记者，"现在，CMI 的成员需要下船，与我们的朋友和大学的同事，当然，还有 BPW 石油公司一起增亮云层，正如你们所听到的，一个更光明的明天要从今天开始了。"

好吧，给 BPW 石油公司做了三次宣传。

第十一章 行动失败

"嗯，我们需要登上一艘驳船，"马克斯说，她对公司的广告宣传越来越厌倦了，"伙计们，跟我来。"

她带路来到码头，阿列克谢、克劳斯、西沃恩和里奥紧随其后。查尔和伊莎贝尔与 CMI 的孩子们打了招呼，扫视人群，寻找任何潜在的麻烦。安娜和伍德赛德先生走在最后，这样他们就可以应对跟在马克斯和团队后面的记者群。

港口排列着七十二艘快艇，所有的船都是亮白色的，上面悬挂着 BPW 石油公司的旗帜。

"船尾的那些大东西是什么?"美国有线电视新闻网的一名记者问道，"它们看起来像喷气式发动机。"

安娜转向团队中值得信赖的机器人。"里奥，你能下载详细的资料吗？"

"当然。"这个有着唱诗班男孩一样面孔的机器人转向摄像机和麦克风，记者们都挤进来拍特写。这个超级聪明，还会说话的机器人带来了很好的电视节目效果。"它们是经过改装的涡轮机，每个涡轮机都装有一百个高压喷嘴，可以向空中喷射数万亿纳米大小的海洋盐晶体。当水滴蒸发时，明亮的盐晶体会留下，反射掉进入的太阳辐射。"里奥说。

"把它想象成一副巨大的反光太阳镜。"阿列克谢重复着他简单易懂的比喻。记者们看起来喜欢用这种简单的方式向观众解释科学，几名记者在笔记本上潦草地写下了阿列克谢的话。

"没错，"里奥说，"扩大规模后，这种海洋云层增亮技术可以遮蔽和冷却大堡礁，保护珊瑚免受全球气温上升导致的珊瑚白化。"

"我们也可以在陆地上建造喷雾塔，"西沃恩说，"沿着海岸线，我们可以把它们放在驳船上。"

阿列克谢说："就像世界各地勇敢的冒险家一样，我们可以喷洒海洋盐水来帮助降温，最终消除全球气候变暖。"

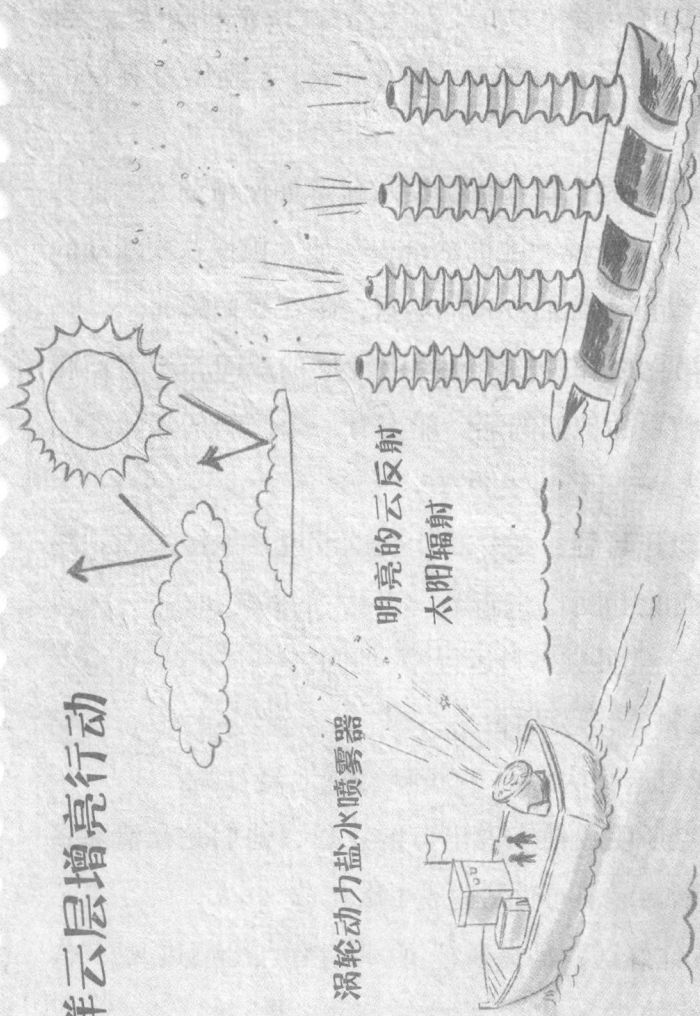

海洋云层增亮行动

涡轮动力盐水喷雾器

明亮的云反射

太阳辐射

我们也可以在驳船上建造塔来覆盖更多的区域／创造更多明亮的云。

更多的记者草草记下了笔记。马克斯咧嘴一笑，阿列克谢肯定有一种方式能够把科学转化为有趣的故事。

"我们很高兴能向你们展示科学如何帮助人类拯救地球，"马克斯说，她仍然希望其他人担任这次活动的司仪，"请登上你们各自的船只，跟在我们后面。"

当马克斯和她的团队登上他们的船时，记者们爬上了几艘跟随他们的船，船上有一个倾斜的涡轮发动机对准天空。

活动开始后，克劳斯什么也没说，他慢慢走到马克斯所在的甲板上。他敲了敲巨大的涡轮机。

"这个宝贝靠燃料运行？"他问。

"是啊。"马克斯说。

"我也这么认为。"克劳斯得意地笑着说。

马克斯明白他未说出口的意思，他们是在清除碳排放的影响，却同时又造成了碳排放。

"祝你好运，马克斯，"克劳斯有点冷嘲热讽，"你会需要它的。"

七十二艘驳船冲入珊瑚海。

当 CMI 的船只在波涛汹涌的水面上颠簸前行时，六艘媒体船跟在它们后面。查尔和伊莎贝尔的眼睛被太阳镜遮住，他们完全处于戒备状态，扫视着地平线和多云的天空，寻找任何即将到来的威胁。

克劳斯调高了里奥的扩音系统，这样他就可以在驳船后面的船上对媒体讲话了。

"我把里奥的音量调到了十一，"他开玩笑说，"如果你也想说些什么，就用这个。"他递给马克斯一个无线麦克风。"这是用蓝牙连接的，接到了里奥的公共广播系统。"他补充道。

马克斯不情愿地接过麦克风。"我想，我会让里奥负责大部分的讲话。"

"这可不是什么好主意，"安娜说，"你才是大家想交谈的人，马克斯，而不是里奥这个机器人。"

"小心说话，"克劳斯半开玩笑地厉声说道，"你说的是我的机器人。"

"让里奥来处理这些讲话吧，"马克斯说，"一旦开始演示，西沃恩和我将谈论一些科学的话题。"

"你们两个来说比我说要好。"阿列克谢开玩笑说。

里奥走到驳船的船尾，向媒体船上的摄像机展示了一架小型数据采集无人机。"女士们，先生们，一旦我们开始向云层喷洒盐水，我就会派出一个遥控无人机中队，并进行操作。"马克斯说。

"为什么？"最近的一名记者喊道。

"无人机会帮我们绘制出羽流是如何融入云层的，并测量出增加的亮度。"

西沃恩从马克斯手里夺过麦克风。"大家可能知道，构成大堡礁的水下珊瑚并不是植物，尽管它看起来像。珊瑚是一种生物，与海葵和水母等其他海洋生物密切相关。"

"每个人都讨厌珊瑚！"克劳斯喊道，当他不忙着当团队的气候变化否认者总指挥时，他就喜欢当团队的小丑。

西沃恩继续说："当珊瑚受到海水温度上升带来的热量的压力时，它会排出生活在其组织中的藻类，使珊瑚完全变白，这一现象被称为珊瑚白化。这会导致珊瑚死亡，从而扰乱海下的整个生态系统。珊瑚礁是世界上 25% 的海洋生物的家园，它们就像水下的亚马孙雨林。如果不扭转全球气候变暖的局面，我们将失去珊瑚礁和所有依赖它生存的生物。"

"或者，"克劳斯喊道，"可以直接给这些讨厌的小鼻涕虫喂更多的藻类。"

阿列克谢看向马克斯，让克劳斯参加这次行动可能是个巨大的错误。轮到马克斯拿起话筒了。

"事实上，"她告诉记者，"我们要做的是给云层注入更多的水滴，试着让它们变得更亮，这样它们就可以反射更多的太阳光和热量。就像阿列克谢之前说的那样，它们就像地球的反光太阳镜！"

阿列克谢给了她一个"干得好"的眼神。

"而且，"安娜接着说，"有了这些太阳镜，地球不仅看起来很酷，天气还会变得很凉爽！"

她赢得了一些笑声。

"里奥，表演时间到！"马克斯尽量夸张地说，"开始喷洒！"

里奥的眼睛快速连续眨了六次。"启动。"

"我们的机器人朋友正在使用那令人难以置信的人工智能作为指挥和控制中心，来协调七十二艘船只上所有盐水喷雾器的行动，"马克斯解释道，"它们就像巨大的造雪机。我们采集海水，把海水雾化，再把水雾喷射到空气中，希望这些水滴会上升，在大气边界

层混合。就像我说的，让云层变亮一点。如果能做到
这一点，如果能反射掉一些阳光，让海洋降温，西沃
恩所说的珊瑚白化现象就有可能被阻止。"

七十二艘船开始向空中喷射水雾。

起初，它看起来令人印象深刻。

但是，短短几分钟后，它就变成了原来的样子。
在驳船后面，六十个由涡轮驱动的喷雾器喷出薄薄的
盐水雾。

看起来很傻。

空气中飘浮的盐水雾很快就消散了。

它们就像一层薄薄的晨雾，随着初升的太阳一起
消失了。

马克斯注意到，一些记者摇着头表示不相信，还
有几名记者在笑，几名摄影师放下了肩上的设备。

将盐水雾喷向天空，然后看着它消失，这可不是
什么好看的电视节目，不管有多少艘船。

"糟糕透了。"安娜看起来有点惊慌。

"科学是可靠的。"马克斯觉得这种羞辱性的失败
似乎都是她的错，尽管这根本不是她的主意。

"云层正在变亮，"里奥报告说，他正在追踪无人机传来的数据，"阳光正在被反射，水很快就会开始冷却……"

但是没有一家媒体对此印象深刻，有一艘船的记者居然脱离船队，返回岸边去了。

马克斯感到一阵恶心，她从左舷栏杆上望过去，看到 BPW 石油公司的伍德赛德先生和他的公关团队在另一艘驳船后面，正在向空中喷洒盐水雾。

伍德赛德先生站在一面摇摇晃晃的 BPW 石油公司的旗帜下面，举起了扩音器。

"女士们，先生们，"他说，"正如你们已经知道的那样，即使我们在这里取得了成功，但仅仅靠云层增亮并不能完全满足减少碳排放的需求。这就是为什么我们 BPW 石油公司站在开发清洁燃料的最前沿，避免燃料燃烧时会造成的碳排放，我们正在尽一切努力防止汽油变得更脏。在可预见的未来，我们将不得不继续使用汽油，以保持我们的经济繁荣。因为我们所有人更美好的明天要从今天开始。"

西沃恩嘀咕道："我们被愚弄了，这件事是 BPW 石油公司的宣传噱头……"

　　所有的摄像机都对准了伍德赛德和他身后飘扬的
BPW 石油公司的旗帜。媒体对马克斯、CMI 和他们健
谈的机器人完全失去了兴趣。

　　"没想到会这样。"安娜嘀咕道，"这次行动彻底失
败了。"

　　"这并不是我们想要的故事的精彩结局。"阿列克
谢补充道。

　　克劳斯自鸣得意地对马克斯笑了笑："是继续一展
拳脚还是龟缩在家？我想应该是后者。"

第十二章　一波未平，一波又起

与此同时，在地球的另一边，伊万诺维奇博士在俄罗斯乌拉尔山脉的秘密堡垒深处，奥卡梅诺斯蒂的高层正在大肆庆祝 CMI 的耻辱。

在这栋旧城堡的高科技媒体室里，墙上排列着几台大屏幕电视，所有频道都调到了新闻网的卫星直播，这些新闻网一直在持续关注着澳大利亚云层增亮船队以及改变世界的年轻天才。

化石燃料行业的巨头聚在一起，似乎非常享受电视媒体对马克斯和 CMI 对澳大利亚珊瑚海海岸进行的丢脸的水雾喷洒表演的报道。

这看起来很可笑。

七十二个看起来非常昂贵的高科技涡轮机通过数

百个微小的喷嘴向天空喷洒盐水雾。

极其可笑!

"他们看起来就像傻瓜!"一位满头银发的优雅女子说道,"小马克斯是个国际笑话。联合国一定后悔邀请她在他们的大会上演讲。"

笑声在空旷的房子中回荡。

伊万诺维奇博士举起手,示意众人安静下来。

"女士们,先生们,你们是正确的。我们离消除马克斯和她同伴们的潜在威胁已经指日可待了。事实上,我怀疑她或其他年轻的变革者要想在气候变化问题上再次获得世界的关注,可能还需要很长一段时间。由于媒体对这一令人尴尬的实验进行了大量报道,我们很快就会摆脱那些大声嚷嚷着要采取不明智行动的年轻积极分子。"

他的听众疯狂地鼓掌。

"当然,"伊万诺维奇博士继续说道,"我们还有更多工作要做。但是,我的朋友们,那是明天的事了。今天,就让我们庆祝吧。来吧,尽情享受茶点吧。"

当他邀请的客人来到自助餐桌边时,伊万诺维奇博士示意他的私人助理弗拉德靠近一点,以便他们能够私下交谈。

"给澳大利亚的伍德赛德先生发一条加密信息，"他低声说道，"感谢他和 BPW 石油公司在这件事情上提供的宝贵帮助。由于他们的参与和投资，全世界都看到了这些年轻的气候危言耸听者是多么可笑。我们不会忘记 BPW 石油公司在追求更大利益等方面的努力。不过，还要提醒伍德赛德先生，他需要停止吹嘘清洁汽油，我们还有很多的脏货要卖。"

助手点了点头。

"哦，还有一件事，"伊万诺维奇博士狡猾地笑着说，"联系我们在澳大利亚的其他机构，让他们找出马克斯接下来要去的地方。我们必须安排人在那里迎接她。"

码头上的媒体争相报道，毫不留情。

"当真？"一名记者喊道，"向空中喷水就能解决全球气候变暖，拯救地球？"

马克斯低下了头，她不想成为这场惨败事件的代言人。事实上，这并不是一件惨败的事。里奥从他的无人机获得的跟踪数据看出，云层确实变亮了，有点亮吧。水温已经冷却了，稍微有点。

但是"有点"和"稍微"从来不是好的电视宣传用语。

克劳斯走上前，对着摄像机讲话："我们还呼吁世界上每一个碰巧有水枪或超级水枪，甚至有带喷嘴的花园水管的孩子加入我们，在明天中午把他们的水枪对准天空。这么多的水应该会照亮全球更多的云！"

记者们笑着摇头，表示不相信。

"好了，克劳斯，"阿列克谢挤出几个字，"够了。"

"谁说的？"

"本，"西沃恩厉声说道，她在克劳斯面前晃动着她的手机，"他刚发了短信。我猜他在纽约看着呢，他要取消这次行动。"

马克斯叹了口气。"我们应该在开始之前就把它叫停。"

"我们先上面包车吧。"查尔说，他和伊莎贝尔看起来有点紧张。他们不喜欢 CMI 像现在这样暴露在一群窃笑的媒体人面前，一堆摄像机和麦克风会成为任何潜在的坏人和麻烦制造者的绝佳掩护。

"我们需要返回机场。"伊莎贝尔说。

"让我再和伍德赛德先生谈几句,"安娜很激动,"他关于清洁汽油的那番话太离谱了。"

她向右移动了一步,伊莎贝尔迅速抓住她的胳膊,把她按住了。

"这事可以缓缓,"伊莎贝尔说,"我们不想现在的局面发生太多的变数。我们无法控制人群。克劳斯,让里奥做他那个挥舞手臂的动作吧,为我们开辟一条通向汽车的路。"

"动手吧,克劳斯,"查尔喊道,"行动起来!快!"

惊慌失措的克劳斯紧张地敲打着里奥控制面板上的几个点,这个机器人挥舞着四肢,重复说着:"让开,借过!靠边站,借过!"

惊恐的媒体人纷纷闪开,CMI团队顺利到达了面包车旁。

而且没有回答任何问题。

三十分钟后,车开到了机场,来到本的太阳能飞机所在的停机坪,马克斯注意到了一些奇怪的事情。

机长和副驾驶拉着行李箱站在机头前。他们手里都拿着登机牌。

乘坐私人太阳能飞机时，不需要登机牌。

一辆连接着地面服务拖车的行李车停在飞机货舱附近。那个无聊的男司机正无所事事地拨弄着手机，等待着什么。

当 CMI 团队从面包车上下来时，机长宣布："我们都必须乘坐商业航班。澳大利亚民航安全局认为我们的'实验性飞机'违反了他们的航空认证要求。飞机已经被扣押了，短期内不会飞到任何地方了。"

"什么？"马克斯说。

这没有任何意义。

机长耸了耸肩。"当我们提交原始飞行计划时，澳大利亚民航安全局给了我们着陆许可。但显然，一个'别有用心的公民'在几小时前联系了他们，建议我们需要通过一系列测试来获得澳大利亚的适航认证。"

"是一个叫奥利弗·伍德赛德的家伙投诉的，"副驾驶说，"显然，他是澳大利亚的一个大坏蛋。"

"是的，"阿列克谢说，"我觉得他肯定是一家大型石油公司的首席执行官。"

"他还是我们的赞助商，"安娜说，"我怀疑他一直想破坏我们的努力。"

"他也干了一件很了不起的坏事，破坏了我们在全球的声誉，"西沃恩咕哝着，"本不应该和那个魔鬼做交易。"

"他需要钱，"马克斯说，她从来没有想到会这样说本，"他犯了一个错误。"

"你觉得呢？"西沃恩说。

机长清了清嗓子，让大家把注意力重新集中到手头的任务上。"你们应该确保自己的行李和装备都在行李车上，这样我们就可以把行李放在正确的飞机上，为下一场飞行做准备。本已经为你们所有人安排好了机票和登机牌。"

"他想让我们在 CMI 总部重新集结，"查尔读着刚刚收到的一条短信说道，"我们要飞往以色列的特拉维夫，然后开车去耶路撒冷。"

马克斯点了点头。她想起了刚加入 CMI 时乘飞机前往耶路撒冷的情景。那是她有生以来第一次飞行。

"等一下，"她对机长和副驾驶说，"如果你们两个要离开，本要如何把他的太阳能飞机开回美国或以色列，或任何它应该去的地方？"

"不知道，"机长说，"但乔和我刚刚被告知，不再需要我们的服务了。事实上，本刚刚解雇了我们，我们要回家了。"她举起她的登机牌，"我猜这是我们的遣散费。"

"又收到消息了，"伊莎贝尔抬起头，她刚刚阅读了另一条短信，"本已经把太阳能飞机卖给了硅谷的人。他说他需要筹集资金来资助我们的下一次行动。"

"那到底是什么？"克劳斯叹了口气，愤怒地说，"我们在耶路撒冷能找到什么东西喷到天上呢？鹰嘴豆泥？沙拉丸子？"

"本没有细说，"伊莎贝尔干巴巴地说，"但他希望我们都飞到那里，越快越好。确保你们的行李在行李车上，然后我们需要进入航站楼，找到我们要乘坐的第一班飞机。"

"我们的第一班飞机？"西沃恩抱怨道。

"我们至少需要飞三十二个小时，经停三个或更多的地方才能到达耶路撒冷。"

西沃恩翻了个白眼。"哦，真是太高兴了。你这次给我们惹了大麻烦，马克斯。"

马克斯转向阿列克谢和安娜。"听着，我知道你们是新来的，但相信我，这次 CMI 行动并不像他们通常做的那样。"

安娜傻笑着。"真好，你们把烂摊子留给我们了。"

马克斯和其他人完全丧失了斗志，把他们仅有的几个包和物品扔进了行李箱。马克斯和克劳斯关掉里奥的电源，把他轻轻地放进他的泡沫硬壳旅行箱里。他看起来像一颗巨大的软糖。

装完最后一件货物，拖车司机踩下油门。车呼啸而去，拖着嘎嘎作响的行李车到了机场航站楼。

他开车的时候，用手敲了敲他的耳机，用他的手机发了一条语音。

当伊万诺维奇博士收到信息时，他当然知道那个人用俄语说了什么——他们正去特拉维夫，准备前往耶路撒冷。

从第二条短信中，他还了解到马克斯的航班将于何时抵达以色列。

从澳大利亚到以色列的旅程会很长，伊万诺维奇博士有足够的时间提醒和安排他最近在特拉维夫签约的特工。

　　他训练有素的特工正等着马克斯。

第十三章　回到大本营

　　马克斯在飞机上找到了一个座位，这架飞机将把她、阿列克谢、西沃恩和查尔从凯恩斯送到布里斯班，这是他们四段旅程的第一段。再加上在迪拜和雅典的停留时间，他们将需要四十多个小时才能到达特拉维夫，几乎是两天的时间。

　　由于时间仓促，座位数量有限，克劳斯、安娜和伊莎贝尔将稍后乘坐另一班飞机。里奥会坐在他们那架飞机的货舱里。这一次，不是他的选择。

　　"只希望我们要乘坐的这些不同的航班不会弄丢行李！"克劳斯抱怨道。

　　当马克斯和她的团队成员在布里斯班登上第二班飞机时，许多乘客——尤其是那些座位靠背上有电视的乘客——从所有关于大堡礁上空云层变亮的新闻报道中认出了她。一些人指指点点，一些人嗤之以鼻，一些人大声嗤笑。

"别管他们。"当他们拖着脚步沿着狭窄的过道走向机舱后部时，阿列克谢转过头说道。

"我猜他们认为我们讲的故事应该很有趣。"马克斯说。

"这不是你的错，马克斯，"阿列克谢说，"而且这不是你的主意。"

她点了点头。"我想，从现在开始我要坚持研究物理学和量子理论了。"

"请不要，"阿列克谢说着，转过身对她微笑，"这个世界仍然需要你的大脑，还有你那一流的思考。"

他笑的时候脸颊上有酒窝。马克斯刚想微笑，这时她身后一排的一个人喊道："小姐，你带上喷雾罐了吗？因为我忘记带雨衣了！"

阿列克谢闭上眼睛，摇了摇头，慢吞吞地走近他的那排座位。

他的座位在中间，马克斯、查尔和西沃恩的也是。幸运的是，查尔的座位就在马克斯的后面。在从布里斯班到迪拜长达十四个多小时的飞行中，他只说了一句"够了"，就让所有嘲笑和指指点点的旅客安静了下来。

飞行可以让马克斯的思想开始漫游。首先是爱因斯坦的相对论。因为她看到一只苍蝇在机舱内以"之"字形盘旋。从马克斯的角度来看，这只苍蝇以大约每小时五英里的速度移动，可谓步伐悠闲。它有时飘向飞机的前部，有时飘向后部。

但马克斯知道，如果地面上的人——或者，在这种情况下，在印度洋的一艘船上——有一个 X 射线望远镜，能看穿阿联酋航空公司的飞机机身，他们会观察到昆虫的飞行速度是飞机的航行速度加上自身的飞行速度。

速度是相对的，它取决于你观察的方式和地点。每次看到一只苍蝇在一个移动的物体里飞来飞去，她就会想起阿尔伯特·爱因斯坦和他的相对论。

时间也是一样吗？

马克斯拿出日记本，开始涂鸦。忘记云层增亮这个耻辱性事件的一个方法是在爱因斯坦所谓的思想实验中锻炼她的大脑。你不需要一个实验室或设备，只需要在脑子里把事情想清楚。

她怎么能做自已确信父母多年前在新泽西州普林斯顿做过的事情呢？

她怎么能用狭义相对论来进行时空旅行呢？

不仅仅是未来，马克斯想回到过去！回到1921年，她想找回自己的童年，过上她作为多萝西——杰出的普林斯顿大学教授苏珊和蒂莫西的女儿应该过的生活。

当他们给一位特殊的来访者端上橘子蛋糕和草莓时，她想和他们在一起。这位来访者就是真正的阿尔伯特·爱因斯坦。

但后来马克斯想到了已故的斯蒂芬·霍金——另一位爱因斯坦级别的天才——关于时空旅行说过的话。

他在2012年的一次研讨会上发言，对听众说："我有实验证明时空旅行是不可能的。"他告诉人们，他曾为时空旅行者组织了一个聚会，但在聚会结束后才发出邀请函。"我在那里坐了很长时间，"他说，"但是没有人来。"

马克斯合上她的日记本，闭上眼睛。

好吧，如果她不能回到1921年，那么回到上周二呢？在她飞往澳大利亚之前，在她用七十二台涡轮驱动喷水机向云层喷洒盐水雾之前。把表演搞这么大的阵仗，真是一个巨大的错误。他们的失败可能会让其他年轻思想家具有独创性的全球气候变暖解决方案脱轨数年。到那时，可能就太晚了。

"别对自己太苛刻了，马克斯，"她脑海中响起了爱因斯坦慈祥的声音，"在科学中，在生活中，我们经常要做错很多次，才能成功。尤其是当你尝试新事物的时候。"

"也许吧。"马克斯喃喃自语，她仍然为自己感到难过。

"马克斯，当你试图做一件别人从未做过的事情时，你怎么可能知道自己做得对不对？从定义上来说，没有什么旧的东西可以用来衡量你的新想法。我们都犯过错误。我最著名的方程，$E=mc^2$，起初只适用于静止的粒子。必须有人来修正我的计算，这样它也才能适用于运动中的粒子。"

"真的吗？"

"我说过，我们都会犯错，马克斯。事实上，只有从不尝试新事物的人才会从不犯错。"

马克斯点了点头，她喜欢那样。

"马克斯？"

"怎么了？"

"不管互联网告诉你什么，我活着的时候没说过这句话，但是你知道吗？"

"什么？"

"我希望我说过。"

在澳大利亚增亮云层的失败发生将近两天后，马克斯和她的一半队员到达了以色列特拉维夫的本－古里安机场。

因为要倒时差，每个人都筋疲力尽。

因此，在进入耶路撒冷 CMI 总部所在地——更不用说位于希伯来大学吉瓦特拉姆校区的阿尔伯特·爱因斯坦档案馆了——的四十分钟车程里，他们异常安静。

也许是因为克劳斯还和安娜、伊莎贝尔在一起。集体自驾游的时候，大部分时间都是克劳斯在闲聊。也许是因为马克斯、查尔、阿列克谢和西沃恩挤在一辆机场出租车的狭窄车厢里，每个人都努力不让自己用鼻子呼吸。因为他们所有人整整两天没洗过澡了。

马克斯几乎没有注意到闪闪发光的岩石圆顶和城堡。当她第一次前往耶路撒冷，加入 CMI 时，查尔跟她说那是大卫塔。具体是什么时候呢？从那以后发生了这么多事，感觉就像十年前一样。

出租车把马克斯一行人送到了城市西部的市中心三角地带附近，停在一座毫不起眼的现代玻璃建筑前。它的玻璃墙有助于它与周围的办公楼融为一体。

这就是 CMI 总部。这是马克斯参加测试和忍受面试过程的地方，那次测试使她成为本的年轻天才团队的领导者。这里是马克斯第一次被称为"天选之人"的地方。但是，在澳大利亚遭受公开羞辱后，她想知道自己的新头衔是否应该是"那个可笑的人"，或者"傻瓜"。

马克斯带头进了大楼。查尔走在最后，同时扫视着人行道和街道，寻找任何出现麻烦的迹象。

基托、蒂莎和维哈恩在大厅里闲逛。他们中没有人和马克斯、西沃恩或阿列克谢有眼神接触。终于，维哈恩开口了。

"我们对媒体如何描述这次看似非常成功的增亮云

层的尝试感到非常抱歉。"

"你不是一个愚蠢的小女孩。"蒂莎说。

"什么?"马克斯说。

"那是一些石油公司的家伙在有线电视新闻网上对你的称呼,"基托解释道,"那家伙需要调整一下态度。"

"本在哪里?"查尔在检查了入口的门是否安全后问道。

"在他的旅店。"维哈恩说。

"大卫王?"马克斯说,他以为本会住在这座城市最豪华的五星级酒店。

蒂莎摇摇头。"不,他住在一家青年旅馆。"

"什么?"西沃恩脱口而出。

蒂莎耸了耸肩。"他的预算很紧张,我想我们也是。"

"你们为什么不把自己的行李拿到房间去?"查尔问道。

"我们原来的房间?"马克斯问。

查尔点了点头。"阿列克谢,你是新人,我带你去你的房间。大家注意了,抓紧时间休息一下,我们需要你们精力充沛，思维敏捷。我们将于晚上七点在礼堂见面。到时本会来这里的。伊莎贝尔、克劳斯和安娜也会过来。本要谈论我们的下一个行动。"

马克斯和其他人听到这些话，都眉头紧锁。上次的行动对本来说还不算是大灾难吗？

马克斯拿起她的小行李袋，和她的朋友们告别，然后匆匆忙忙地回到她原来的房间。

当她走过黑暗的走廊时，她注意到墙上有一张镶了框的照片。照片歪了，马克斯小心地将它扶正。相框上的一块黄铜饰板上标着照片中的团队是初代 CMI。

马克斯记得在她赢得领导小组的那场比赛后，就摆出姿势拍了那张照片。每个人都在微笑，除了克劳斯，他带着点傻笑。马克斯注意到照片已经开始褪色，相框的玻璃被灰尘弄脏了。她看着已经不在 CMI 的队员，哈娜是个素食植物学家；卡普兰女士是一个严厉的管教者，曾经主持过马克斯非常讨厌的测试。

卡普兰女士是个间谍，而哈娜也变成了一个叛徒。

她继续穿过大厅，不禁注意到整个地方有多么的破旧。过去的喧嚣和激动都消失了，剩下的只是一个发霉的外壳，一座没有脉搏的空建筑。

现在，马克斯看到了一个倾斜的开关，它的螺丝松了。

她想知道，本是什么时候遣散看守人员的？这个地方看起来像个垃圾场。她从口袋里掏出瑞士军刀，打开螺丝刀并拧紧螺丝。修理这种东西非常轻松，如果她有一两周的时间，就可以让整座建筑看起来更好，感觉更舒服。

但是现在她需要躺在床上睡觉，从澳大利亚出发的旅程已经令人筋疲力尽了。

她需要准备好应对本正在酝酿的下一个行动了。

本站在倾斜的圆形剧场式礼堂的舞台上。

他沐浴在聚光灯下。

这完全不像他，马克斯想。她知道本害羞，不善社交。本宁愿低头看自己的鞋带，也不愿直视你的眼睛。他从未渴望过聚光灯，但现在他真的站在了聚光灯下。

一百个座位的礼堂里只有前两排坐满了人。马克斯坐在阿列克谢和蒂莎之间，其他人也在——西沃恩、基托、托马、维哈恩、克劳斯、安妮卡、查尔和伊莎贝尔。唯一不见的是里奥，他的旅行箱在迪拜的某个地方，或者在雅典，或者被安排到伦敦、纽约或巴黎的某个航班上。航空公司并不确定，但是他们正在努力解决这个问题。

"我……我知道你们中的一些人建议我们应该进行一系列新的测试，"本说着，用食指推了推鼻梁上的眼镜，"我们应该请心理学家来，进行一些新的访谈。"

马克斯看向蒂莎，她耸了耸肩。蒂莎也不知道本在说什么。

"澳大利亚的事情发生之后，我们应该替换掉马克斯，不再将她作为我们的领导。"

哦，好吧，马克斯想，看来有人想要她的头衔了。对她来说，他们可以拥有它。

这时，本查阅了一张亮黄色的便笺。"也有人建议，我们的两个新成员，安娜和阿列克谢，应该从CMI中除名，因为，我引用一下他们的话，'他们两个都不是科学家，都没有我一半聪明。'谢谢你的建议，克劳斯。"

所有人都转向克劳斯，愤怒地看着他。

"嘿，"他辩解道，"你那愚蠢的让云彩变亮的故事性想法让我们成了全世界的笑柄，最后导致我不得不乘坐其他航空公司的飞机，还弄丢了我们的机器人。"

"照亮大堡礁上空的云层不是我们的主意。"安娜说。

"与一家石油公司签约，成为共同发起人，也不是我们的主意。"阿列克谢补充道。

"他们只是想尽可能做到最好。"马克斯说。

"但这让我们损失了里奥！"克劳斯说，"我才应该是新的被选中者。"

"这不合逻辑，克劳斯，"安妮卡说，"一种说法并不能支持另一种说法。"

"另外，你在镜头前完全不冷静，"基托告诉克劳斯，"拿别人想做的事情开玩笑？这一点也不冷静、不沉着。"

"我想，也许维哈恩可以作为负责人，"蒂莎说，这让马克斯大吃一惊，"毕竟，他独自管理着印度的净水项目。"

现在，马克斯在 CMI 的另一个好朋友西沃恩也在点头。

"太好了，蒂莎。这是明智的想法，维哈恩应该接手。"

"我不在乎，"克劳斯大声说道，"不一定非得是我，但不可能再是马克斯了。她做了一件糟糕的事。我们失去了一个机器——人！"

"我们会找到里奥的。"马克斯说。

"怎么找？"

"他的旅行箱上有行李标签吗？"维哈恩问道，"那些是电脑编码的，而且——"

"有什么用！"克劳斯呵斥道，"他可能已经掉下来了……"

"我们确实不得不换了三趟不同的航班。"安娜说。

"应该给里奥买张票，"基托建议道，"让他和你们一起坐长途汽车。"

整个礼堂爆发出此起彼伏的愤怒的指责声。CMI此刻不再像一个团队了，他们就像一个争吵不休的家庭，这是这个多雨暑假里最糟糕的一天。

最后，查尔和伊莎贝尔站了起来。

"别吵了！"伊莎贝尔低沉地说。

"记住你们是谁！"查尔补充道。

"一群失败者。"克劳斯咕哝道。

　　“我要做些改变，”本深吸一口气后说道，“马克斯，你不再是负责人了，不好意思。”

　　马克斯给了他一个“嘿，我没事”的动作。因为她不介意。

　　“谁来接替她的位置？”安妮卡问。

　　本又调整了一下眼镜。

　　然后他说：“我。”

第十四章　第三次遇袭

房间里顿时鸦雀无声。

最后，西沃恩开口了："说真的？你来当？"

"是的，"本清了清嗓子，站得更直了一些，"我，我正式选择自己成为被选中的人。"

"嗯，难道你不应该先接受我们必须参加的测试吗？"基托说，"也许应该和那个令人毛骨悚然的心理医生谈谈？"

"不，这是我的 CMI。我可以按我认为最好的方式行事。现在，我希望所有人都能向前迈一步。我承认，澳大利亚发生的事情是个错误，但只是因为它不够大或不够大胆。"

突然，礼堂门外传来一阵噪声，是玻璃破碎的声音。

有人闯入总部大楼了吗？

"你们留在这里。"查尔说。

"我们这就去处理。"伊莎贝尔说。

他们快步走出礼堂。

"不会有事的，"本说，"查尔和伊莎贝尔会处理好任何需要处理的事情。我现在要……你们知道的，继续我的演讲……"

他的手微微颤抖着，按下了遥控器上的一个按钮。礼堂里的灯光暗了下来，一个视频在他身后播放着。几秒钟后，屏幕上出现了从火山口滚滚喷出烟云的猛烈画面。

"这是菲律宾的皮纳图博火山，"本说，"世界上百年来最大的火山爆发。充满气体的岩浆爆发成伞状的火山灰云，高达十九千米，将近十二英里。火山灰将地球笼罩在巨大的二氧化硫气体云中，这些气体螺旋式上升到平流层，在那里与氢气结合，产生被称为气溶胶的细微粉末，这些粉末将足够的阳光反射回太空，使地球表面降温近 0.5 摄氏度。皮纳图博火山降温持续了将近一年。所以，我一直在想，我们应该试一试阿尔伯特·爱因斯坦所说的思想实验。如果有一种在没有火山的情况下向平流层注入二氧化硫会怎么样？"

当本讲述他的下一个伟大想法时，马克斯跌坐在她的座位上。一队喷气式飞机或气象气球，甚至是一架在七万英尺的极端高度飞行的航天飞机，在那里将向平流层喷洒一种含硫化合物。

"地球科学家称之为'平流层气溶胶注入'。"

"我们会做到的。"西沃恩在马克斯身后的暗处说道。

"这会给地球降温，还会看到奇妙的日落。"本继续说道。

本失去理智了，马克斯想。他心不在焉，有些事情非常不对劲。

她转过身，想看看阿列克谢是否同意本已经走火入魔了。

但是阿列克谢不再坐在马克斯旁边了。

她环顾四周。

她看见他了。他靠近座位后端，在微弱的光线下显出轮廓。

他正小心翼翼地缓缓打开一扇门，偷偷溜出了

如何在没有火山的情况下向空气中注入二氧化硫：

大气层

反射太阳光

二氧化硫

礼堂。

马克斯记得她的第一次耶路撒冷之旅，以及作为CMI 新成员的感受。

她基本上已经退出，便像阿列克谢那样偷偷溜出了大楼。

阿列克谢当时可能和马克斯有着同样的感受，他可能在想他加入的团队到底是什么？这些所谓的天才是谁？为什么他们要向云层喷洒盐水雾，或者试图在七万英尺的高空重新创造火山灰？这类科幻故事可能不是阿列克谢所想的。

马克斯记得在他们参观纽约会展中心楼顶的绿色屋顶之前，阿列克谢告诉过她什么。"有很多更简单的解决方案，它们也是很好的故事，可能不算是好的电视节目。"

以前，当马克斯怒气冲冲地跺着脚走出 CMI 总部时，她是幸运的，因为伊莎贝尔会立即来找她。然后，她会引用爱因斯坦的一句话："容忍或支持邪恶的人比作恶者本身更能威胁到这个世界。"

如果世界要有一个好的变化，人们就必须站出来反对所有的邪恶。

这些都已是过眼云烟，马克斯的思绪回到了礼堂。

但是查尔和伊莎贝尔已经离开礼堂了，试图弄清楚那些被打碎的玻璃是怎么回事。有人——可能是俄罗斯人——试图闯入 CMI 大楼吗？阿列克谢会有危险吗？

查尔和伊莎贝尔可能都没看到阿列克谢离开。他们找不到他，也无法对他说爱因斯坦的话。

但是马克斯可以。

因此，当本继续播放他那个向平流层注入一百万吨二氧化硫的幻灯片时，她蹲下身子，踮着脚走过她那排的空座位，进入过道，然后从一扇门出去了。

没人看见她，也没人听到她离开的声音。

马克斯匆匆走过环形走廊，她注意到地板上有一个破碎的相框，它的挂钩松了，那个沉重的东西掉了下来。没有必要发出入侵警报，只是需要对这座建筑进行一些更好的维护。

马克斯想找到查尔和伊莎贝尔，让他们看看她发现了什么，这样他们就能放下心来。

但是她看到阿列克谢在外面，就在大楼前面，独自踢着人行道上的鹅卵石。

马克斯知道在没有安保人员的情况下，她不应该离开大楼，但是她经常做人们告诉她不应该做的事情。她推开前门，走了出去。

"嘿。"她对阿列克谢说。

"嘿。"他回答道。

马克斯向后回头示意道："这不是你想要的，对吗？"

"对不起。"阿列克谢说。

这让马克斯有点困惑。"对不起？因为什么？"

"一切。"

就在这时，马克斯看到一个穿着西装的瘦削男子撑着一把伞走了过来，尽管湛蓝的天空没有一丝云彩。这个人瘦骨嶙峋的脸上皮肤紧绷，闪闪发光，看起来就像一个抛光的头骨。

"你好，阿列克谢。"那人阴险地笑着说。

阿列克谢向那个人咧嘴一笑，说道："你好。你怎么知道我的名字？"

他们说的是俄语！

就像在纽约雅各布贾维茨展览会展中心上空从直升机上跳下的人说的一样。

当马克斯和阿列克谢单独在一起的时候。

这就是阿列克谢感到抱歉的原因吗？他是另一个间谍，秘密地为那些想置马克斯于死地的俄罗斯人工作？他的任务是把马克斯诱入险境吗？让她独自一人，没有保护，这样他们就可以下手了？

那个瘦削的男人走上前，得意扬扬地举起他的伞尖。他说着马克斯听不懂的话，露出那死亡面具般的微笑。

"小心，马克斯，"阿列克谢喊着，挡在马克斯和雨伞之间，"那可能就是他们所说的保加利亚伞，伞尖装着一个毒丸武器！"

瘦削的男人咯咯地笑了起来。"傻孩子，"他用带着浓重口音的英语说道，"你间谍片看多了。"

马克斯可能也这么认为。她认出了这把伞，它是一把设计巧妙的镖枪！

突然，这个人向前猛冲，像击剑一样用他的伞瞄准了马克斯。

阿列克谢一跃而起，快速转身，左腿向后一踢。他的脚与伞尖下方的伞骨相连，让它滑向街中央。

那个愤怒的、骨瘦如柴的男人站稳了脚跟，拔出一把看起来非常锋利的刀，向阿列克谢砍去。

阿列克谢回敬了他一脚。这是一个前蹬踢，用右脚跟踢到那人突出的下巴上。那人惊呆了，眼睛瞪得大大的。刀子咣的一声掉在水泥地上。那个人失去了平衡，向后退了几步，最后四肢伸开躺在了阴沟里。

"快跑！"阿列克谢喊道，"快跑！"

他和马克斯撒腿跑开。

马克斯和阿列克谢比那个坐在排水沟揉下巴的瘦削男人领先了大约一分钟。

马克斯回头瞥了一眼，看到他挣扎着站了起来。马克斯转过头来，想看看她和阿列克谢是否有地方可以藏身。

因为那个拿着毒伞的人冷酷无情。

他冲过车流，取回他的武器。他很快就会冲到他们身后的人行道上。

"在那里！"马克斯喊道，她看到了酒店厨房的入口。

门上的标志写着酒店的餐厅因改造而关闭。幸运的是，门没有锁。

"酒店大厅挤满了人。"当他们跑过各种电器和装

连接触发器到阀
门的联动系统

将毒丸通过伞的
"辐""射向受害
者的阀门

压缩空气气缸

伞柄

弹簧到推
联动系统

启动阀门
的开关

伞柄内的
触发器

满沉重锅碗瓢盆的不锈钢架子时，马克斯对阿列克谢说。他们走到厨房通向餐厅的门口，马克斯认为酒店餐厅就在人山人海的酒店大堂里，相对安全。

她用力拉了一下门。

这个门是锁着的。

因为餐厅停业维修！

"现在怎么办？"阿列克谢保持着冷静，"我怀疑我们的俄罗斯朋友看到我们躲进了门口。"

马克斯点了点头。"是啊，他看起来很专业。专业人士会注意到这样的事情。他怎么知道你的名字？"

阿列克谢看了她一眼，说："真的？你现在想谈这个吗？

"嘿，就像你说的，马克斯。这家伙是专业的，这就意味着他做了功课。他大概知道我们所有人的名字！"

马克斯扫了厨房一眼，寻找藏身之处。他们两个的身体都太大了，爬不进烤箱和开放式的架子，即使是那些装满罐子的架子，也不能提供太多的遮盖。随后，她看到了一扇闪闪发光的不锈钢门，那是一个巨大的冷藏室。

"那里！"她说。

"马克斯，"阿列克谢紧张地低声说，"这是个冷藏室。"

"也许他们在装修期间切断了它的电源。"

"或许他们没有，也或许里面有零下十度。"

"这就是为什么那个拿着致命雨伞的疯子永远都不会想到我们会藏在那里。"

阿列克谢笑了笑。"我以为你应该超级聪明。"

"对不起，"马克斯说，"我们都别无选择。要么我们去冷藏室躲着，要么你用跆拳道再打他几下。顺便问一下，你在哪里学会这样打架的？我觉得你更像个诗人。你为什么等了这么久才向我展示你的空手道技能？"

"因为，马克斯，我相信暴力永远都应该是最后使出的手段。我所使用的叫'西斯特玛'，不是跆拳道或空手道，是一种老派的苏联式自卫术。"

"这意味着我们的攻击者可能也知道这一点！"

阿列克谢想了半秒钟。"躲在冷藏室里听起来是个不错的计划。"

他们急忙跑进冷藏室，随手把门紧紧关上。

　　冷藏室没有因为装修而关闭，里面寒冷刺骨。不锈钢墙壁上结满了冰霜。马克斯认为她的鼻子可能会像冰柱一样从她的脸上折断。

　　十秒钟后，马克斯听到通向街道的门突然打开了。

　　沉重的靴子在地板上咔嗒作响。

　　"你们在哪里?"那个非常愤怒的人用他生硬的英语喊道，"我知道你们两个就在这里！阿列克谢，我不想伤害你，朋友。把马克斯交给我们。"

　　马克斯扭头看着阿列克谢。他看起来很诡异，被冷藏室天花板中间的一个光秃秃的灯泡照着。他抱着自己，瑟瑟发抖，每次呼出的气就像一股股喷出的蒸汽。他摇了摇头。

　　"别担心，"他用口型说道，"我们会没事的。我不会把你交给俄罗斯人的。"

　　冷藏室上的把手嘎吱作响。这个人显然已经知道了他们的藏身之处。他用力摇动把手，门摇晃了一下，但是没有打开。

　　然后那个人不再试图强行打开门，反而笑了起来。

　　"我听说你很聪明，马克斯。太糟糕了，你们这些愚蠢的孩子居然决定藏在一个锁坏了的冷藏室里。我从外面打不开，你从里面也打不开。也许这把锁是他们改造厨房时要修理的第一件东西。不管怎样，这很好。我可以留着我的飞镖改天再用，我不需要在你们两个身上浪费我宝贵的毒药。冷藏室很快就会冻死你们。做好准备，阿列克谢。再见了，马克斯。"

马克斯和阿列克谢仍然一动不动，静悄悄的，除了他们的牙齿在打战。他们听到了靴子走过厨房地板的声音。那个人正准备离开，他还在笑。

因为他是对的。

他没必要亲手杀死马克斯和阿列克谢了。

冷藏室会替他完成这项工作。

第十五章　更大的阴谋

马克斯和阿列克谢被困住了。

不管冷藏室里有多冷，他们的血液都在沸腾着，马克斯给了阿列克谢一个白眼。

"我再问一遍，他怎么知道你的名字？是你陷害我的吗？"

"不，马克斯，"阿列克谢说，他抱着自己，跺着脚，努力保持温暖，"这就是为什么当他用俄语说'你好，阿列克谢'时，我回应了'Kakty uznal moye imya'。这句话粗略翻译就是'你怎么知道我的名字'。我和你一样惊讶，但现在我们被困在零下十摄氏度的冷藏室里。我们需要打电话给查尔和伊莎贝尔！"

他拿出手机在屏幕上戳了戳，但没用。

"从外面到这里，温度快速下降，这也导致水分在你的手机空腔内凝结，"马克斯解释道，她的眼睛扫过冷藏室的内部，评估着它的状况，"最终，那些冷凝水微粒会在你的手机内部冻结并膨胀。一切都会变得脆弱。水是唯一结冰时会膨胀的液体。很快，这种膨胀就会给你的手机带来很大的压力，整个手机都会崩溃。"

"我想我应……应该给手……手……手机买保险的。"

寒冷开始侵袭他们。马克斯的大脑飞速运转，肾上腺素使她保持温暖。

她又看了看这个冰冷的小房间。

然后，她的眼睛像往常一样亮了起来，当她突然有了灵感的时候就会这样。

"当然！"她说。

"当……当……当然什么？"阿列克谢说。

"有一个办法可以离开这里。"

她迅速清点了一下她需要的物品。一些冷冻食品的硬纸盒，几个装冰块的塑料袋，一个悬挂在头顶的货架，冷藏室里裸露的灯泡。

她想，"阿波罗13号"也许能解决他们的困境，她想起有史以来最伟大的太空黑客行动，当时似乎注定失败的阿波罗13号战机的机组人员不得不使用他们手头的东西——比如管道胶带和袜子——来修复他们的飞船，因为一个氧气罐爆炸了。

她用冷冻食品的硬纸盒做了一个脚凳，把它们推到房间的中央，放在灯泡的正下方。

"把那些塑料袋里的冰块打碎。"她一边对阿列克谢说着，一边爬上脚凳，打开保护裸露灯泡的罩子。

"唉哟！"

金属是热的。

这可是一件好事，一件极好的事情。

接下来，马克斯拿出她的瑞士军刀，用刀片和螺丝刀取下悬挂在天花板上的一根金属棒。她觉得这可能是用来挂肉的。幸运的是，餐馆已经关门了，所以没有任何沉重的牛肉需要处理。

"太好了，"马克斯一边说，一边研究着金属棒，"它有一个凹槽。"

"所以呢？"阿列克谢说，他正反复地将一袋五磅重的冰块丢在冷藏室的地板上，以打碎结块的冰块。

"所以它会像雨槽一样工作，把水引导到我们想去的地方。"

"那是哪里？"

"锁。记得我说过水结冰时会膨胀吗？如果它能撑破你的手机，就能撑破锁。递给我一堆冰块。"

阿列克谢照做。马克斯把它们暂时塞进了自己的口袋。她的腿已经很冷了，一把冰块不会让她感觉更糟。

"我要用这个灯泡的热量来融化这里的冰。你把这根金属棒的另一端放好，这样水就会流下来，滴到锁里。零下十度，它会瞬间重新凝结。"

"你真的是一个天才，"阿列克谢说着，拿起金属棒的一端，把它撑在冷藏室的门锁上。

"谢谢，"马克斯说，"我想我只是喜欢有快乐结局的故事。"

"还有很多令人不寒……寒……寒而栗的悬念。"阿列克谢开玩笑说。

马克斯笑了笑。如果这个开锁技巧真的有用，她会笑得更厉害。

她拿着一把冰块靠近灯泡。它们开始融化，水顺着斜槽流下，渗入了门锁里。

"继续。"她说。

阿列克谢把金属棒的边缘放在门把手上，这样他就可以继续拿冰袋，然后递给马克斯更多的冰块。

在三次放入融化的冰之后，水流足以完全填满整个锁芯。

然后他们要做的就是等待。等水结冰，等锁的内部结构变得脆弱。

没过多久，他们就听到了爆裂声。

"退后。"阿列克谢说。

他给了金属门一记踢腿。

锁砰的一声弹开了。金属门旋转着打开了。当马克斯和阿列克谢走进厨房时，查尔和伊莎贝尔刚刚冲进来。

查尔手里还拿着一把伞。

伊万诺维奇博士向聚集在他酒店套房里的重要人物礼貌地点头致意。

如果他握手的话，就不能摆弄他右手的两颗咔嗒作响的钻石了。

"你在摆弄什么，博士先生?"一位风度翩翩的瑞士银行家问道。

"压缩碳，"伊万诺维奇博士淡淡一笑，说道，"请吧，享用一些点心。"

伊万诺维奇博士指着他在酒店套房里摆放着的优雅的自助餐桌，这是日内瓦最豪华、最奢侈的酒店。这个酒店也以谨慎著称，这使得它成为极其隐秘的奥卡梅诺斯蒂集团在瑞士阿尔卑斯山下秘密聚会的理想场所。他们不想让任何人告诉世界他们在做什么。

或者说，他们只是曾经存在过。

伊万诺维奇博士来到日内瓦会见来自世界各地的银行家，他的集团帮助他们用石油赚了大钱。这个早春聚会是他提醒有钱人的方式，与大多数银行交易不同，这是他们欠他的。如果不是石油利益带来源源不断的美元，他们的银行金库不会被填得满满的。

总有一天，这些债务会到期。

"博士。"他的私人助理弗拉德来到伊万诺维奇博士站着的地方，研究他的客人，他们正交头接耳，喝着酒店里最昂贵的香槟，吃着许多精致的开胃菜。"我不想打扰您，先生……"他说。

伊万诺维奇博士端详着弗拉德脸上痛苦的表情。

"怎么了？"伊万诺维奇博士问道，他手里的那两颗钻石翻滚得更快了。

"帕维尔失败了。"

伊万诺维奇博士眯起了眼睛，他不能容忍失败。

"怎么回事？"他问。

"目前他被以色列情报机构拘押了。"

"摩萨德？"

弗拉德点了点头。"查尔和伊莎贝尔，也就是 CMI 的安保小组，在耶路撒冷逮捕了帕维尔。他的线人向我们保证帕维尔不会在审讯中屈服。此外，我们是通过秘密渠道与他联系的，他不可能知道奥卡梅诺斯蒂集团是他背后的人。"

伊万诺维奇博士来回摆弄着钻石，这有助于他思考。他根本不关心他们雇用的杀手帕维尔·扎哈尔·维克托维奇目前的困境，这个人和他的那把保加利亚伞都是可有可无的。

但是……

这支由两个人组成的技术高超的 CMI 安保小组的出现，使得找到并消灭马克斯变得更加困难。

也许甚至是不可能的。

是时候启动 B 计划了。

B 计划的主角是指银行家。他们所有人欠伊万诺维奇博士的债务刚刚到期，该是全额收款的时候了。

"不好意思，弗拉德。我必须和几位尊贵的客人谈谈。"

"当然，伊万诺维奇博士。但是我要不要打听一下？再找一个……杀手？我们是否要继续努力消除马克斯带来的威胁？"

"是的。但是这一次，她不是我们的目标。"

弗拉德看起来对这个回答感到很惊讶。"我明白了，那是谁呢？"

"当然是年轻的本，所谓的 CMI 的赞助人。"

弗拉德环顾四周，放低了声音。"要我主动联系其他职业杀手吗，先生？"

伊万诺维奇博士露出了更大的笑意。

"不，弗拉德。我们不会杀掉这个小家伙。"现在伊万诺维奇博士笑了出来，"但是，当我们干掉他的时候，他很可能希望我们这样做。"

"袭击你们的人是帕维尔·扎哈尔·维克托维奇。"查尔告诉马克斯和阿列克谢。

他说得很平静，因为他就是这种风格。

"他还有一个俄罗斯绰号，头骨。"伊莎贝尔补充道。

查尔点了点头。"正确。他是世界上最残忍、最狡猾的杀手。以色列情报机构非常高兴能从我们手中接过他。"

"在摩萨德的朋友提醒我们，他出现在 CMI 总部附近，"伊莎贝尔解释道，"大约在我们意识到你们两个失踪后十秒钟。"

查尔仍然拿着那把伞。它有点弯曲，被阿列克谢踢过的地方有凹痕。

"我们需要把它交给摩萨德。"伊莎贝尔告诉他。

"我们会的，"查尔说，"我只是想让马克斯和阿列克谢看看他们离被杀有多近。"

查尔把伞指向地板，按下把手里的扳机。

当一颗小球从尖端射出时，有一个尖锐而轻微的声音。

马克斯和阿列克谢本能地往后一跳。

"不要再让自己陷入那种危险之中了。"查尔说。

"如果没有我们中的一个人，你们两个不要单独或一起去任何地方。"伊莎贝尔补充道。

"对不起，"阿列克谢说，"是我的错，马克斯只是出来看看我。"

"问个小问题，"马克斯说，她微微颤抖了一下，由于某种原因，现在他们已经离开了冷藏室，她突然觉得很冷，"这个叫帕维尔·扎哈尔·维克托维奇的家伙在他瘦骨嶙峋的下巴上有严重的瘀伤吗？"

"是的，"伊莎贝尔说，"这是为什么？"

马克斯向阿列克谢点了点头。"因为这是我们的阿列克谢的高踢腿弄的。"

"我受过一点武术训练。"阿列克谢谦恭地说。

"一点？"马克斯说，"你太厉害了。"

"你也是。冷藏室里冰和锁的那件事情，你真是天才。你用你的大脑救了我们的命。"

马克斯腼腆地笑了笑，她耸了耸肩，好像在说："发挥高智商是我最擅长的。"

查尔看了一眼他的手表。"我们得回去了，本还在做他的演讲。"

"嗯，能给我们一点时间吗？"马克斯问查尔和伊莎贝尔，"我有话要对阿列克谢说，单独。"

"我们就在门外。"查尔说。

查尔和伊莎贝尔走出厨房，来到人行道上，把门打开。显然，他们不完全相信马克斯和阿列克谢不会做傻事。

马克斯转身朝阿列克谢说："对不起。"

"为什么？关于躲进冷藏室的主意？事实上，这是一个绝佳的藏身之处，在当时可能是我们唯一的选择。"

"不，我感到抱歉的是，我之前以为你以某种方式参与了俄罗斯人对我的可怕攻击。"

"嘿，我也会这么想的。首先是贾维茨展览会展中心顶部的屋顶花园。现在又是这里。每当你和我这个可怕的俄罗斯人独处时，就会有太多可怕的俄罗斯人神秘地出现。"

"你并不可怕，"马克斯说，"好吧，你的踢腿比较可怕，但你不可怕。"

她再次心花怒放。阿列克谢闪亮的眼睛似乎变得更蓝了。

"那么，我们该回去了吧？"她说，"听听本怎么说用硫黄在平流层降尘的想法？"

"我不要，"阿列克谢说，"大干一场并不是解决全球气候变暖危机的唯一办法。我们可以用很多小步骤，马克斯。比如，我也不知道这样行不行，周一不吃肉。这就决定了你每周有一天晚上会吃素。当然，这只是一小步，但如果每个人都这样做，就会产生影响。你知道吗？生产肉类产生的温室气体比世界上所有飞机、火车和汽车产生的温室气体总和还要多。"

马克斯并不知道。

"别告诉克劳斯，"她开玩笑地说，"他喜欢吃香肠。"

"如果我告诉他，他只会告诉我这是一场骗局，或者是糟糕的科学，或者是一个都市神话。"

"我的偶像阿尔伯特·爱因斯坦成了一名素食主义者。当然，那是他晚年的事了。他这么做主要是出于身体原因，但是……"

查尔和伊莎贝尔回到了厨房。

"对不起，"马克斯说，"是不是我们花的时间长了点？"

伊莎贝尔举起手机。"本刚发来短信，他想让我们和其他人一起回礼堂。尽快，有紧急情况。"

"什么?"阿列克谢说，"美国国家航空航天局不让他借用他们的航天飞机在平流层倾倒硫黄?"

马克斯听到查尔和伊莎贝尔的手机都在响，可能是第二条短信。她的手机也可能会收到信息，如果它没有和阿列克谢的手机一起在冷藏室中死机的话。

查尔和伊莎贝尔盯着他们的手机屏幕，似乎有几个小时——爱因斯坦相对论证明：每当你想让时间加速时，它总是会慢下来。

"不可能。"伊莎贝尔咕哝道。

"什么?"马克斯说，"什么不可能?"

"本，他要解散 CMI，他的钱都用完了，不会再有任何任务了。"

第十六章　赞助人破产，CMI 解散

"嗯，出现了一些……异常情况。"

本低着头，耷拉着肩膀，站在 CMI 总部灯光昏暗的舞台上，艰难地读着他写在纸上的东西。纸在他手里嘎嘎作响，他的整个身体似乎都在颤抖。马克斯为这个可怜的家伙感到心碎。

"是……我的银行账户，所有的账户……嗯……大部分账户。好了，够了。我想我在太阳能飞机上花了太多的钱，还有澳大利亚的云层增亮项目，以及其他的一切，我已经花光了所有的钱。我所有的钱和家里所有的钱都没了。"

他抬起头，马克斯看到他的眼睛湿润了。本花了很大的力气才没有哭出来。

团队所有人在礼堂前排集合，这个不太可能的全球天才的组合，在很大程度上已经成为一个相当幸福的家庭。即使是克劳斯，他也是每个人的笨拙型兄弟。当然，他有时也是个麻烦，但他是家人。

现在，本基本上是在说，这个家庭正在破裂。

"不再有任务了，不再有 CMI。事实上，我的债权人要求我们在明天早上七点前搬出这栋楼。所以，我建议你们尽快收拾行李。追讨债务的人稍后到达，他们会拖走大部分家具和设备。我的信用卡和银行贷款都会被催收……"

他的声音越来越小。

"里奥呢？"克劳斯问道。他的声音很轻，没有了往常的虚张声势。"我们需要找到里奥。"他说。

"我很抱歉，"本说，"我们必须把这个问题留给航空公司。我们没有资源搜索里奥的位置和恢复任务，我们没有资源做任何事情。幸运的是，你们回国的机票都是在这场金融灾难发生之前购买的，早在我们安排你们飞往以色列的时候。你们都可以回家了，但是，在此之前，我想感谢你们所有人帮助我实现了梦想。我们为这个世界做了很多好事，但是现在，这个梦想结束了。我该说再见了，谢谢你们的辛勤工作。我期望你们所有人在未来都能有所作为。"

说完，本把那张纸塞进口袋，默默地走出了房间。

本黯然离去后，这十个年轻的天才——还有查尔和伊莎贝尔——呆坐在一起，沉默无语。

当然，克劳斯打破了沉默。

"真的吗？就这样结束了？"

"我们甚至连可爱的离别礼物都没收到吗？"基托问道，"比如某种 CMI 的宣传品？也许是一个水瓶或者一顶有标志的棒球帽？"

"我可以给我父亲打电话，"蒂莎提议道，"也许他可以借钱给本，让他继续做下去。"

安妮卡摇了摇头。"对你父亲来说，这不是一个合理的举动，蒂莎。这样做的话，他也会破产。"

马克斯只是坐在那里，沉浸其中。她一生中最宏伟的冒险即将迎来一个非常不圆满的结局。

"这就像一部非常糟糕的电影，"维哈恩说，"坏人赢了，因为电影制作人没钱拍大团圆结局。"

"有史以来最糟糕的故事。"阿列克谢喃喃自语。

"粗制滥造。"安娜补充道。

起初，十名队友怨声载道，拒绝接受 CMI 将不复存在的事。但是，渐渐地，他们开始接受事实。

都结束了，他们不再是一个团队了。

"是时候收拾东西，继续前进了。"一向坚韧不拔的查尔说。

"我们之前相处得不错，"伊莎贝尔说，"和你们这些孩子一起工作是一种荣幸。我们祝你们一切顺利，毫无疑问，你们会取得成就的。"

查尔和伊莎贝尔离开了礼堂。CMI 解散的一个好处是什么？孩子们不再是目标了，他们不再需要全天候的保护了。

最后，到拥抱、流泪和告别的时候了。

他们交换了电话号码。

只是，由于马克斯和阿列克谢在冷藏室的那段时间，他们的手机被冻坏了，不能使用了。

"给。"克劳斯说着，啪的一声打开了一个铝制公文包。六个手机排列在泡沫插槽中。"拿一个我的吧。"他说。

阿列克谢开玩笑地问道："你怎么会有这么多手机？"

克劳斯给一对手机编程，一个给了阿列克谢，另一个给了马克斯。他耸了耸肩，说道："我是个书呆子，也是个科技怪胎。这样的装置是我最擅长做的。我仍然在致力于'人机互动'的事情。"

马克斯微笑着接过她的新手机。"你在这方面做得很好，克劳斯。如果我听到任何关于里奥的消息，一定会打电话给你。"

克劳斯点了点头。"很好。"

几个小时后，几乎所有人都搭上了去机场的出租车，然后返回爱尔兰、印度、中国和其他地方。

"你的下一步计划是什么？"马克斯问阿列克谢，他们是唯一还在大楼大厅的人。

"我会回俄罗斯的家，你呢？"

马克斯犹豫了，她真的没有答案。

因为她真的没有家。

伊万诺维奇博士非常激动。

"我的银行家朋友同意了我的请求，"当他在山顶城堡的鹅卵石走廊上漫步时，告诉陪同他的一名女士，"年轻的本刚刚开始了他作为一个穷光蛋的新生活。只需轻敲几下加密的删除键，他的全部财产就会化为乌有，他也因此陷入贫困。他继承的所有钱财，哈哈，消失了。"

"这些钱去哪儿了？"那位女士问道。

伊万诺维奇博士咧嘴一笑。"谁能说得准呢，卡普兰女士。这些财务问题可能非常复杂，也非常神秘。但我确实注意到昨晚我自己的银行账户出现了大幅增长。"

与伊万诺维奇博士并肩而行的女士是叛徒塔里·卡普兰，她曾经假装为本和CMI工作，但实际上，她为现已倒闭的"公司"服务。卡普兰女士是耶路撒冷的一位严厉的主管，她对马克斯非常苛刻，当时马克斯是最后一个加入那个年轻天才团队的人，他们正聚集在一起为世界"行善"。

卡普兰女士显然不像伊万诺维奇博士那样，对本经济崩溃的消息津津乐道。事实上，她有些后悔，也有些自责。她从来没有计划过成为邪恶势力的一员，彻底摧毁CMI。

　　她只想以一种迅速而严厉的方式解决那个爱装腔作势的伪装者马克斯。

　　卡普兰女士从来都不喜欢这个聪明的小女孩。从她听到这个女孩名字的那一刻起就不喜欢。她怎么敢用世界上伟大的天才之一阿尔伯特·爱因斯坦的名字给自己命名！她所做的一切，都是为了摧毁这个所谓的天选之人。

　　当然，也是为了从"公司"赚点小钱。

　　钱是个好东西。年轻的本可能希望他现在有更多的钱。

　　卡普兰女士跟着伊万诺维奇博士走进了一个寒冷的、天花板很高的石头房间。一扇卷起的钢质车库门占满了一整面墙。寒冷中停在外面的卡车散发着淡淡的柴油味。这似乎是伊万诺维奇博士的运输和接收部门。

　　地板上放着一个长方形的集装箱，侧面的把手上挂着澳大利亚航空公司的标签。它看起来就像你平时看到的绑在车顶的巨无霸版行李箱。

　　"打开它。"伊万诺维奇博士厉声对两名穿着雪地迷彩服的人说。

"好的，博士！"

博士耐心地把钻石在左手手掌里一圈又一圈地转动着，等着那两个人打开几个插销，掀开集装箱的盖子。

卡普兰女士喘了口气。

是里奥。这个长着一张小男孩脸的机器人被"公司"命名为莱纳德，他像一具躺在棺材里的尸体。这个机器人最初的设计和编程是为了帮助齐姆博士和"公司"消灭马克斯，但是后来 CMI 捕获了莱纳德，改变了他的线路。在科技奇才克劳斯的帮助下，这个咯咯笑着的恶魔机器人变得非常讨人喜欢，而且足智多谋。他也是本的年轻团队中一位非常有价值的成员。

"我们在澳大利亚的人在那些傻孩子都登上去以色列的飞机后，把这个机器人运到了这里。"伊万诺维奇博士说，"你对他熟悉吗？"

"是的，"卡普兰女士说，"他们叫他里奥，他是一个非常先进的人工智能机器人。"

"这对我们有用吗？或者我应该销毁他？拆掉零件和部件，然后熔化掉？"

卡普兰女士的内心感到一阵内疚。她做了什么？里奥是一个电子奇迹。卡普兰女士仍然热爱科学和技术，她仍然钦佩天才，她不希望看到一个如此复杂、先进和精致的机器人被毁灭。

她也想为自己的恶行争取一次赎罪的机会。

"不，"她对伊万诺维奇博士说，"我们不应该摧毁这个机器人。我们应该利用他先进的人工智能来辅助我们。"

"我不知道，"伊万诺维奇博士说，"也许你没有注意到。我们集团并不热衷于像你一直在谈论的人工智能这样的新技术。我们更喜欢用老方法赚钱，比如煤炭、石油、燃油汽车。摧毁那个机器人！"他开始沿着拱形的石头走廊往回走，每一步都产生着回声。

"我会让他成为有价值的资产，伊万诺维奇博士，"卡普兰女士在他身后喊道，"我发誓我会的。你不会后悔让我和这个机器人一起工作。"

伊万诺维奇博士继续走着。他没有转身，但他却向后对卡普兰女士不屑一顾地挥了挥手。

"好吧，随便啦。你只是在浪费你的时间。我们的银行账户又增多了。把你的小机器人变成一个有价值的资产。也许我可以用他来计算我所有的钱。"

现在他停下来，转身瞪着卡普兰女士。

"但如果你最终浪费了我的时间，卡普兰女士，你会付出代价的，你会付出沉重的代价。"

"当然，伊万诺维奇博士，"她略带谦卑地鞠躬说，"我完全明白。"

博士走开了。

而卡普兰女士希望她还记得克劳斯教她的一些关于如何编程和操作机器人的知识。

这可能是她弥补一些错误的机会。

第十七章 回到纽约

马克斯是唯一一个还待在大楼里的人。

西沃恩、基托、托马、维哈恩、克劳斯、蒂莎、安妮卡、安娜和阿列克谢都飞到了特拉维夫，这是他们第一次乘飞机回家。

家。

家在哪里？马克斯很想知道。

要是她能完善她的时空旅行能力就好了，这样她就可以回到1921年，回到她在新泽西州普林斯顿舒适的家。这是她唯一知道的家，而她只认识还不到一年的时间。

在这里，魁梧的搬运工正用毯子包裹家具，并用一卷卷胶带将其紧紧捆住。电脑终端被装进泡沫填塞的纸板箱里。墙上不再有照片或艺术品，只有它们曾经挂在那里的褪色的矩形印记。

"你好，马克斯。"

本走出他的办公室，手里拿着一个装满文件夹的纸箱。

"在这里，"他说着，把盒子放在膝盖上保持着平衡，以便他可以从中搜寻文件，"这是给你的。"

他递给马克斯一个棕色信封，信封口用绳子系着。

"这是什么？"马克斯问。

"你马厩上方旧公寓的钥匙。嗯，你知道，翻新过的，我们帮你修好的那个。"

"我觉得你的银行拿走了一切，包括这个公寓。"

"他们确实拿走了他们能够触及的一切。幸运的是，面向低收入租户的马厩公寓由一家慈善信托机构所有，那里不属于我。肯尼迪先生说你以前住的地方空了。所以，它是你的了，只要你还需要或想要的话。"

马克斯觉得"我要住在哪里"的心结解开了。她曾担心自己会无家可归。当然，她以前经历过，但是她并不希望再来一次。

"你呢，本？"她问，"你要去哪里？"

"银行家触及不到的地方。我家在缅因州的海岸有一个院子，几代人以来，我们一直免费拥有它。而且，多亏了那些我再也雇不起的高价律师，它是我所谓的债权人无法染指的一项资产。"

"发生了什么事，本？你怎么会这么快就失去一切？"

"我不是百分之百确定，马克斯。安妮卡、基托和克劳斯认为我可能被他们所谓的坏蛋给黑了。他们坚持要做一些清算，想帮我解决这个问题。如果我们真的做到了，基托说我们会……我引用他的原话，'对那些玷污你的傻瓜进行网络报复'。你呢，马克斯？你下一步要做什么？"

马克斯耸了耸肩。"我还没有真正想过这个问题，我仍在努力解决'我要睡在哪里'的问题。既然已经解决了，也许我会从我离开的地方重新开始。去纽约大学或哥伦比亚大学旁听一些课程……"

"不要把你的光芒隐藏太久。"

"嗯？"

"你可以为这个世界贡献很多。"

"也许吧，"马克斯说，"但是现在，这个世界似乎对我可能做的或说的任何事情都不感兴趣。我只是那个在澳大利亚把盐水雾喷到空中的愚蠢天才。"

本和马克斯一起吃了最后一顿简餐。

在空荡荡的休息室里，他们坐在纸板箱上，吃着CMI 冰箱里剩下的东西。

吃完简餐后，他们觉得有些反胃，本说："我会让我的司机开车送你去机场。"

"没关系，"马克斯说，"我去叫辆出租车，我有足够的现金。"

她不想成为提醒本"你不再拥有司机和汽车了"的那个人。

马克斯从特拉维夫飞往纽约的家远没有她第一次从纽约飞往特拉维夫时那么让人着迷。

那时，她乘坐的是本的私人飞机。

现在，她乘坐的是商业客机，挤在飞机后部的中间座位上，离厕所太近了。她甚至没有自己的扶手，不得不与她邻座的人共用，他们都睡得太熟了，根本无法分享扶手。

马克斯没有托运任何行李。她目前所有的财产都

酸奶中的活性培养
＝
细菌培养皿

为什么这些香蕉是棕色的?

香蕉含有多酚氧化酶和其他含铁的化学物质，它们在氧化过程中与氧气反应，会使香蕉变成棕色。

氧化也被称为腐烂。

装进了一个小行李袋。一两件换洗的衣服，一支牙刷，还有一个她在机场礼品店买的爱因斯坦摇头玩偶。

她还带着本给她的系着绳子的信封，还有搬进新公寓所需的钥匙和文件，公寓是免租金的。

以色列航空公司的飞行将持续大约十二个小时。

她有足够的时间去思考所有出错的地方，努力在这个世界上做好事怎么会如此惨淡收场。

"不过，有吗?"爱因斯坦的声音在她脑海中响起，"真的有吗?我记得，你和你的朋友给非洲的一个村庄送去了电；你给印度的一个小镇带来了干净的水；你甚至通过在西弗吉尼亚的一个小角落里绘制食物分配的物流图，为世界饥饿危机做出了贡献。顺便说一句，现在很多人都在复制这个例子……"

"我猜有吧。"马克斯酸溜溜地喃喃自语。她确实情绪低落。

"所以你遇到了一些挫折。"她内心的爱因斯坦说。

"挫折?本破产了，CMI解散了，我的朋友们都各回各家了。"

"没错。但是，正如我曾经给奥古斯特·霍赫海默写的那样——"

"谁?"

"1919 年我住在柏林时与我通信的人,去查查吧。"

"我会的。"

"不管怎样,正如我所说的,我曾经给霍赫海默先生写过这样的话:失败和匮乏是最好的教育者和净化者。"

"换句话说,"马克斯说,"我们都能从错误中吸取教训。"

"正是如此。"

"然后我想我明白了在这个世界上努力做好事是没有意义的。"

"哈哈!怜悯同情到此为止,我需要再重复一遍你最近的成就吗,马克斯?非洲,印度,西弗吉尼亚……"

"但是这些事情相对于整个世界的问题来说是如此的微不足道。"

"也许吧。但是对你帮助过的人来说呢?那些微不足道的小事却有着巨大的作用。"

马克斯咧嘴一笑。"一切总会回到你的相对论上。"

"是啊,这是个好的理论。还有 $E=mc^2$,能量等于质量乘以光速的平方。这是另一个需要记住的好公式。它向我们展示了非常小的质量可以转化成非常大的、几乎不可估量的能量。马克斯，你做的这些小事，它们可以转化成巨大的成果。"

现在马克斯点了点头。

她也在回忆阿列克谢说过的话，有时候，大的解决方案是许多小的解决方案的总合。

也许马克斯和她的朋友们还没有结束与全球气候变暖的斗争。

也许他们不需要一大笔钱就能把一百万吨二氧化硫注入平流层。

如果 CMI 用处理其他项目的方式来应对气候危机会怎么样？从小处着手，激励他人。看那些小种子像光速的平方一样产生巨大的能量。

"我想你能行的，马克斯。"她心中的爱因斯坦说。

"是啊，我想我明白了。"

解散 CMI 并将其年轻的天才成员送往地球上各个遥远的角落，可能是该组织有史以来做的最好的事情。

如果十个成员联系十个人，十个人再联系十个人，十个人再联系十个人，十个人再联系十个人，直到有

成千上万个解决全球气候变暖的小办法在同一天展现，
会怎么样？

然后灵感之光突然闪现。

四月二十二日。

地球日。

这时，每个人都会向世界展示他们是如何采取小
步骤来拯救这个世界的。

马克斯很高兴克劳斯给了她一部新手机。

她落地后要打几个电话。

在她的老朋友肯尼迪先生的帮助下，马克斯在她
纽约的公寓里建立了一个临时配备的大杂烩式指挥所。

"路由器和电缆来自镇上的各种垃圾箱，"肯尼
迪先生布完所有的线后说道，"那台电脑？嗯，我用
过去几个月收集的备用零件做的。当人们买了闪亮的
新东西时，他们会把旧的东西扔到路边，这真是令人
惊讶。"

肯尼迪先生曾是蜗居在马厩上方冰冷空间的无家
可归者之一，当时马克斯也是。现在肯尼迪先生在苹
果商店的天才吧有了一份工作。他还有一套有着小厨

房和卫生间的小公寓，温暖且舒适。这套公寓位于被称为"马厩"的翻新建筑中，是本投资的，那时本还有钱。

"这里的无线网络棒极了，"肯尼迪先生告诉马克斯，"我们在整栋大楼的光缆上安装了网状路由器。"

马克斯迅速编辑了一下，给所有前队友群发了一条短信，她给他们写道：

"只有当我们停止在这个世界做好事，我们才算解散。"

她还附上了一个链接，是 2015 年设计师克里斯蒂娜·菲格雷斯关于全球气候变暖的采访。

《生态学家》杂志转载了这篇采访。在采访中，菲格雷斯认为 2050 年地球上的生命有两种可能的选择。

第一种情况将轰动世界，珊瑚礁消失，海平面上升近八英寸，数百万绝望的人被迫从受全球气候变暖严重破坏的地区迁移，没有人能再在那里生活。

第二种情况是，自 2020 年以来，碳排放量每十年减半，大规模的植树造林改变了城市面貌，高速铁路取代了国内航空，同时创造了就业机会。

"人们很容易放弃，把黑暗、反乌托邦的未来视为唯一的可能性，"马克斯写道，"但是，如果放弃幸福结局的可能性，不管有多渺茫，那都是愚蠢的。对吧，阿列克谢？"

马克斯用克里斯蒂娜·菲格雷斯的最后一句话结束了她给前队友的信息："顽强的乐观主义每天激励你，你需要时刻牢记为什么你觉得未来值得为之奋斗。"

然后马克斯加上了她自己的结束语。

"未来值得我们为之奋斗，因为我们将生活在那里。我们总是比我们的父母或祖父母拥有更多的时间。这十年是一个不同于以往的时刻。这可能是我们扭转局面最后的机会。这个星球的时间不多了，我们也是如此。但我对我们的机会秉持顽强的乐观主义。所以，尽我们所能，无论机会多么渺小，为我们想要的和应得的未来而奋斗。让我们立刻行动起来。在4月22日的地球日，让其他人加入我们的行列。让我们迈出如此多的一小步，最终成为一个巨大的飞跃！让我们一起行动起来吧！"

每个人都同意这个计划。

他们每个人都会找到自己能做的小事。

他们会向父母施压，让他们想办法用可再生能源给家里供电。他们还会对这些房屋进行防风雨处理，密封通风管道，增加隔热材料，以减少供暖和空调的费用。

他们会寻找节能电器。

他们会节约出更多的水。

他们会调低恒温器，重新找回毛衣、毯子和舒适的袜子。

他们会买更好的节能灯泡，吃更多从杂货店带回家的食物。

他们会更多地骑自行车。

他们会回收利用。

他们会在地球日展示这一切。

他们会招募其他人来做同样的事情。

甚至克劳斯也加入了进来。

"里奥最终说服了我，"他在私信中告诉马克斯，"他给了我大量的数据，揭示了真相。科学是惊人的，尤其是当你过滤掉所有由化石燃料行业购买的虚假材料时。里奥说我们需要抗击全球气候变暖，因为没有另一个星球可供我们居住。我认为他在用机器学习如何变得诙谐有趣。"

"太好了!"马克斯回了短信,"你在哪里找到
他的?"

"我没有,"克劳斯回答。"里奥找到了我。一定有
人打开并重启了他。他开始运行了,一有机会就给我
发信息。我想他在某个不好的地方,马克斯,一个一
直被监视的地方。所以,事情是这样的——一旦我们
要拯救地球,我们仍然需要拯救里奥。"

第十八章　重新出发

CMI 在全球各地开展工作。

他们想出了一些可以着手做的简单小事。

然后他们招募其他人来做这些小事，招募更多的孩子加入这项事业。

马克斯联系了"日出运动"，一个在其网站上宣称"我们是气候变革者"的组织。这是一场致力于阻止气候变暖，同时在此过程中创造数百万个好工作岗位的青年运动。他们是一群年轻人，在全美范围内推动抗击全球气候变暖，使之成为当务之急。大多数成员都不到三十岁，他们完全赞同马克斯的地球日计划，他们甚至喜欢 CMI 在澳大利亚尝试做的事情。"在电视上看起来很蠢并不意味着这是一个愚蠢的想法。"

一旦迈出了这一小步，马克斯便开始专注于自己的小步骤倡议。她打算把纽约的一些屋顶刷成白色。安装白色屋顶可以反射更多的阳光，减少城市的热量积累。她发现一些研究表明，用白色表面取代黑色表面可以将热浪的最高温度降低两摄氏度或更多。马厩顶部的白色屋顶将避免它成为"城市热岛"的一部分。

在加利福尼亚州，基托将与一些朋友和家人一起，在他们社区的街道上涂上浅灰色的涂料，以降低柏油路面的温度。

"以前我们的草比沥青多的时候，地球上要凉爽得多，"基托告诉马克斯，"但我们不能回到那个时候了。我们会把电动车开到哪里去？"

在印度，维哈恩正与一大批新能源企业家合作。

"我们要展示我们的电动汽车，"他兴奋地告诉马克斯，"印度有近两百万辆电动汽车，比在美国销售的电动汽车总数还要多。这是一个本土化的成功故事。我希望我可以代表整个印度说我们已经厌倦了成为地球上第三大二氧化碳排放国。电动汽车是一个解决方案！"

在中国，托马试图做一些微小而重要的事情，希望能帮助他的国家减少温室气体的排放。"我们要植树造林，帮助增加北京以外地区的森林覆盖率。种很多很多的树！"

蒂莎和她的朋友将在非洲安装更多的太阳能板。

西沃恩在爱尔兰老家也很开心，她和她的家人正忙着将4月22日宣传为"全国短时间淋浴日"。

4月21日，就在马克斯刚刚结束和克劳斯的谈话时，肯尼迪先生敲响了马克斯的门。克劳斯也打算在地球日那天去波兰植树，只不过他自己不会亲自去挖土或种树。他组建了一个机器人团队来替他做这份辛苦的工作。"太阳能驱动的机器人。"

"我们最好去趟五金店，"马克斯打开她的门，肯尼迪先生说，"明天是个重要的日子。"

"一个充满小步骤的重要日子。"马克斯说。她拿起她的轻便夹克，跟着肯尼迪先生来到大厅，这样他们就可以乘地铁去市区的商店。筹集油漆和绘画用品的钱并不难，大楼里和附近的每个人都尽自己所能凑钱，很快，他们就凑够了。这个例子说明一个大的解决方案来自许多小的解决方案的集合。

"所以，你要拍我们在屋顶上做的事情？"肯尼迪
先生在去市区的路上问道。

"是的，"马克斯说，"然后我们会在互联网和社
交媒体上发布这段视频，其他人也会这么做。我们这
些 CMI 的孩子们，将这场活动称为"日出运动"。在
澳大利亚与我们一起工作的营销专家安娜将负责确保
我们在主要媒体上得到最大限度的宣传。这场扭转
全球气候变暖的地球日斗争正在进行，嗯，是全球
性的！"

肯尼迪先生扬起眉毛，抚摸着下巴。"每个地方的
人都会看到我们在屋顶上做什么？"

"是的，先生。嗯，我们当然希望他们能看到。"

肯尼迪先生点了点头。"那我想我最好明天早上刮
一下胡子。"

伊万诺维奇博士步履沉重地走过他山顶指挥部潮
湿的石头走廊。

他把那两颗钻石攥得紧紧的，指关节周围的青筋
都凸了出来。卡普兰女士和机器人里奥在他身后蹒跚
而行，尽力跟上他匆忙的步伐。

"为什么你这个非常复杂的机器人没有接收到所有的聊天内容?"伊万诺维奇博士对卡普兰女士提出质疑,"人工智能就是个笑话,他应该知道这件事!现在可能为时已晚了。"

"我很抱歉,博士,"卡普兰女士说,她就像一个卑躬屈膝的马屁精,"如果我知道你对里奥的先进通讯监视能力感兴趣……"

"不要紧!"伊万诺维奇博士怒火中烧地冲进一个昏暗的房间。房间里的电脑显示器发出微弱的光,服务器和路由器机架上的灯闪烁着。他对着所有的屏幕挥动手臂。"我们会用最熟悉的方式处理这件事。"他说。

"这都是什么?"卡普兰女士不知情地问道,因为她完全不知道伊万诺维奇博士为什么如此愤怒。

"多管闲事,似乎是由你的朋友马克斯引起的。"

"她不是我的朋友。"

"很好,你以前的学生。她和来自 CMI 的其他哭鼻子的抱怨者分散在全球各地,目前正在计划明天,也就是 4 月 22 日,他们要进行大规模的小型全球气候变暖示威活动。"

"地球日。"卡普兰女士咕哝道。

"是的，你非常聪明。我敢肯定，加入他们团队的那个刁蛮的年轻营销奇才想出了这个可爱的主意。在地球日保护地球，如此老套。太容易预测了。"

"我敢肯定，里奥对此一无所知。"卡普兰女士说。里奥沉默不语。

"嗯，他应该知道些什么！你已经让他用以太网电缆连接好几天了。"

里奥终于开口了："我更新了几个软件，伊万诺维奇博士。你可能知道，这是一个冗长费时的操作，尤其是我被编程阅读和分析许可协议中的所有细则，而且——"

"闭嘴！"愤怒的伊万诺维奇博士居然把他两个鸟蛋大小的钻石扔到了地板上，钻石在地板上砸出了两道痕迹，"我有工作要做。"

他把手搭在一名正在敲击键盘的技术员肩上，技术员愣住了。仿佛伊万诺维奇博士的手是冰做的。社交平台上的帖子、推文和充满文字的方框在这个年轻人的屏幕上往下滚动。伊万诺维奇博士用力捏了捏那人的肩胛骨。

"尼古拉？"

"怎么了，博士？"

"告诉我最新情况。"

"情况变得更糟了，先生。全世界成千上万的年轻人正在加入这次的行动。他们称自己所做的事情是朝着结束全球气候变暖迈出的小而有力的一步。这些行动对化石燃料行业都不太友好，抗议口号也是如此。这只是其中的一些帖子。帖子实时滚动着，速度很快。几个气候变化活动组织也加入了马克斯最初发帖引发的行动。他们称之为顽强的乐观主义行动。一整天都会有活动、集会和示威。"

"你联系网络大队了吗？"

尼古拉点点头。"博士，整个俄罗斯的巨魔网络和机器人产业都在我们的掌控之中。他们会渗透网络，操纵网民的观点和意见。我们将迅速让世界反对这些旨在破坏全球经济的年轻行善者。"

"太好了，我之前以为我们和这些愚蠢的孩子玩够了，显然我错了。"

"我们很快会的，先生。"尼古拉说。

这时伊万诺维奇博士的助手弗拉德走进了房间。

"伦敦有一个杀手，"他报告说，"不幸的是，他明天有约了，最早也要到 23 日才能前往纽约追杀马克斯。"

"目前在纽约有什么可用的人吗？"

"有的，"弗拉德说，"虽然没有训练有素的杀手，但有几个非常熟练的特工。他们可以替我们做一些肮脏的活，也许能让马克斯再上电视。"

弗拉德和伊万诺维奇会心一笑。

"就这么办，"博士命令道，"如果我们能像在澳大利亚那次一样让马克斯在全球人民面前难堪，这可能比杀死她更好。她是这场运动的领袖。因此，让我们把她变成一个笑柄，看着这场运动在她手里分崩离析，这样她又多了一次绝对公开的史诗级的失败。"

"我马上处理。"弗拉德说着便离开了房间，在他的卫星电话上按了一串电话号码。

"那我们呢？"卡普兰女士怯怯地问道，她半信半疑地向里奥示意，"我很好奇你为什么召见我们。在这种情况下，我们能做些什么来帮助你吗？"

"是的，卡普兰女士。首先，你可以告诉我你所知道的关于马克斯的一切。尤其是关于她的过去。然后，你可以摧毁你那荒谬、完全无用的机器人，他看起来像一个从百货商店逃跑的人体模特。我不喜欢他的笑容，我讨厌他那一头闪亮的黑发，我无法容忍他的无能。收集任何可能在未来有用的信息，然后拔掉他的电线，熔化他的塑料外壳，我再也不想看到那张傻笑的脸了！"

"你站在这个屋顶上，真的是因为你想推翻化石燃料的统治吗？"一名记者喊道。

"什么？"马克斯被这个问题吓了一跳。

她和她的屋顶粉刷团队被聚集在马厩公寓大楼屋顶上的一群记者和摄像机包围。安娜策划了各渠道媒体对地球日活动的关注，但这并不是马克斯所希望的那种关注。

"你是这个由孩子们组成的国际阴谋组织的头目吗，负责在全世界挑起事端？"一个女人用麦克风指着马克斯喊道。

"你们疯了吗？"肯尼迪先生厉声说，他手里拿着一根杆子，上面挂着一个滴着油漆的滚筒，仿佛那是一根英勇骑士的长矛，"阴谋组织是一个秘密的团体或派系，试图传播他们的私人观点。你们这些傻瓜知道马克斯和她的朋友在做什么，所以，这不是秘密。他们并没有对自己的观点遮遮掩掩，她怎么会是阴谋组织的一员？拜托，你们是记者，请注意你们的言论。好了，马克斯，告诉他们我们在这里做什么。"

马克斯点了点头。她几乎不经意地用她手中的滚轮比了个手势，想把它当指针用，但后来她又改了主意。她不想给记者泼油漆，不管他们的问题有多么令人愤怒。

顺便问一下，是谁在散布这些关于她的谣言？

有人在制作视频取笑她吗？

站在记者墙后面，曾经无家可归的拉比诺维茨太太向马克斯竖起了大拇指。她站在一个橙色水桶上，用马克斯的手机在网络上直播屋顶这场活动。拉比诺维茨太太脸上挂着灿烂的笑容，她对自己非常满意，她从来没有在网络上直播过，但马克斯告诉过她该按什么按钮。当拉比诺维茨太太知道该怎么做的时候，她说这很容易、很简单。

马克斯非常清楚，可能有数百万人在听她接下来要说的话。她的地球日小步骤倡议正在如火如荼地进行，她即将扮演主角。

"在地球日这一天，我们只是尽了自己的一份绵薄之力，来帮助缓解全球气候变暖，"她对聚集在一起的媒体记者说，"我们将纽约附近的一些屋顶涂成白色，可以减少这些建筑吸收的太阳辐射，这意味着会有更少的热量向楼下传递。也就是说，我们不再需要更多的电力来运行空调了。"

马克斯继续说："这个干净的白色屋顶会反射很多的阳光，而且——"

"你这不是在抢空调维修工的工作吗？"纽约最臭名昭著的小报的记者问道。

"事实上，"马克斯说，"我们正在创造就业机会。"

"怎么会？你做的这些不会是想得到报酬吧？"

"不会，"马克斯说，"当然不会，我们是志愿者。今天，全世界所有采取微小而有力措施抗击全球气候变暖的孩子都是志愿者。"

"那么，如果你们这些孩子都在免费工作，这怎么能创造就业机会呢？"

"会的，以后会的。"

"嗯，现在很多修空调的人都需要收钱！"

地球日活动
扮酷
做一些小事

纽约已经有超过 920 万平方英尺的屋顶被刷成了白色。

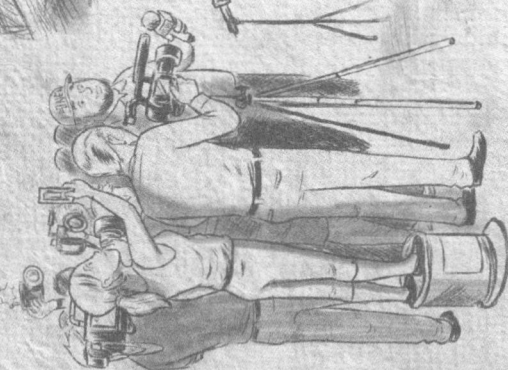

反光涂料可以降低建筑物内的温度，降低空调成本。

洛杉矶每英里花费 4 万美元将街道刷成白色。

反光的屋顶可以减少温室气候变化带来的一些严重的影响。

　　就在这时，一名拿着写字板的男子从记者群中挤了出来。

　　他身后跟着一位来自纽约警察局的警察。

　　他们看上去都不太满意马克斯的工作。

第十九章　行动受阻

"我是纽约市建筑和屋顶部的检查员。"拿着写字板的人说。

他有一种无聊、不讲道理、招人烦的市政工作人员的态度。

"我右边这位先生是纽约警察局的警官。"

这位警官交叉双臂在皮带扣前，站得更直了一点。他有一个桶状的胸膛和文了身的粗壮手臂。他的枪套里还有一把武器。

"你是马克斯·爱因斯坦，对吗？"检查员问。

"是的。"

"就是那个在澳大利亚向云中喷洒盐水雾的马克斯·爱因斯坦。"检查员说这话时笑了笑。

检查员一提到澳大利亚的羞耻事件，记者和电视摄制组就向前挤了一点。

"哦，是的，"马克斯听到他们中的几个人说，"别提那个小杂耍了，太搞笑了……"

"是的，先生，"马克斯告诉记者，"但这真的与CMI 在大堡礁上空增亮云层的努力无关。"

"嗯哼，"检查员说着，在他写字板表上打了几个钩，"告诉我，你参加过这个城市的'清凉屋顶'培训项目吗？"

"没有，我不知道有一个——"

"正如清凉屋顶计划所倡议的那样，您是否获得了安装官方认可的节能屋顶的授权和认证？"

"这只是油漆。"马克斯说。

"这些屋顶的表面是粒状盖板、沥青，还是改性沥青？"

"我想这是……你知道的……焦油……"

"有三英尺八英寸高的护栏吗？"

"我们实际上没有测量，我们才刚开始涂。"

检查员摇了摇头，发出一声长长的、失望的叹息。"马克斯，我听说你很聪明。嗯，聪明的孩子通常会做功课。有些规则和要求是必须遵守的。"他从写字板上撕下一张纸。

"这是禁止令，特此通知你停止粉刷屋顶，收拾好你的装备，离开这里，永远不要回来。当然，除非你完成了相应的培训。我知道这是免费课程，你已经习惯免费了。你以前不用交学费就去纽约大学旁听，对吗？"

马克斯眯起眼睛。

纽约的建筑检查员怎么可能知道我过去的一些琐事？

魁梧的警官走上前。"你听到检查员的话了吗，小姑娘？收拾好东西，搬走吧。"

马克斯觉得自己被打败了，她和她的朋友们，还有邻居开始收拾他们的油漆工具。电视台的摄像机拍摄了马克斯的特写镜头，她提着一大桶油漆。摄像机闪了一下。记者们交换着笑话，咯咯地笑着，摇着头。

"对这么聪明的孩子来说，她确实做了一些愚蠢的事情。"马克斯听到他们中的一个说。

"天才，"另一个说，"他们没有常识。"

马克斯把她的桶拖到通向楼梯间的门前。检查员和警察都在那里，他们微笑着。

"你准备好搬回布鲁克林的小天使寄养机构了吗？"警官问，"我肯定他们能为你找到一张床。"

"我在这栋楼里有一套公寓，"马克斯回答道，"在我名下。"

"是这样吗？"房屋检查员一边舔着铅笔尖，一边说，好像他正准备记下笔记，"你多大了？十二岁？十三岁？"

马克斯没有回答，她很清楚这个男人要说什么。

"在纽约，你必须年满十八岁才能签署租赁合同。"

"我知道，"马克斯说，"这就是为什么我直接买下它，而不是租赁。"

她从那两个人中间挤过去，把油漆桶拿到楼下她的公寓，锁上门。

她走到前窗向外望去。

媒体记者仍然在那里，在大楼前门紧紧围成一团。

他们渴望捕捉更多关于备受羞辱的马克斯的镜头。

马克斯颓然倒在床边。

她看了看手机。社交媒体上充斥着谎言和虚假，以及建筑检查员叫停马克斯"非法屋顶油漆活动"的照片。

电话嗡嗡作响，马克斯吓了一跳。

是一条短信。

来自波兰的克劳斯。

上面写着"小心，里奥告诉我你将会遇到一个冒牌建筑检查员和一个冒牌警官。"

马克斯很快回复道："我就知道这两个人有问题！这是怎么回事？"

"里奥一直在敌后收集情报，一群以乌拉尔山脉为基地的石油寡头正试图摧毁你、我，以及世界上几乎所有的孩子正努力做的一切。他们一直在欺骗你，马克斯。他们在俄罗斯网络的帮助下，发出各种虚假信息。里奥一直在监控局势，他有他们肮脏行为的证据。卡普兰女士在帮助他们——算是吧。她在揭发你的过去。里奥记录了一切。我们可以像扳倒'公司'一样打倒这些暴徒。"

"里奥安全吗？"

"还行。"

"他在哪里？"

"正在他需要待着的地方。"

也许是有史以来第一次，克劳斯启发了马克斯。

事实上，这不是真的。克劳斯在研究机器人的时候是非常令人惊奇和鼓舞人心的，但他刚才说的关于里奥的话让马克斯意识到，她有更重要的事情要做，而不是坐在床边闷闷不乐。

"正在他需要待着的地方。"

马克斯需要做同样的事情，逃避的时间结束了。她需要下楼，面对媒体，让媒体关注世界各地发生的所有令人敬畏的地球日活动。

她伸手拿起手机，查看最新的状态报告。

屏幕上一些警示的信息开始铺天盖地地跳跃。

所有攻击和取笑年轻人整天与全球气候变暖作斗争的社交媒体，都收到了警示：

"这篇文章发源于一个俄罗斯巨魔网络。"

"这显然是误传。"

"这条推文违反了社交平台规则。"

"点击此链接，获取全球地球日活动的真相。"

里奥是这一突然变化的幕后推手吗？

克劳斯的超级机器人是否以某种方式智胜了所有在巨魔网络中搞鬼的俄罗斯人？

机器人在转变公众舆论方面比安娜更好吗？

现在出现了各种积极的帖子。

"继续努力，孩子们！"

"是时候夺回我们的未来了！"

"不要燃烧化石，否则你会变成化石的！"

"我们需要你们的抵抗来拯救我们！"

兴奋之余，马克斯冲下楼，向仍在马厩前徘徊的媒体发表讲话。在路上，她拿出手机，赶快研究了一下"清凉屋顶"培训项目。

"嘿，伙计们，"她对记者们说，"你们知道吗？我要去上那个'清凉屋顶'的课程。我认为这是纽约做的一件伟大的事情。当然，这很简单，但是乘以一百万纽约人的力量，它就会变得巨大。记住爱因斯坦说过的话，$E=mc^2$。"

记者们的脸上集体出现了疑惑的表情，马克斯解释道："即使像原子一样小的东西也能释放出无限的能量。"

现在记者们都盯着她，没有人问令人讨厌的问题。

"所以，是啊！我要去获得官方认证，然后上楼去完成我们今天开始的工作。现在，是时候开始做出改变来对抗气候变化了。你们知道我的偶像阿尔伯特·爱因斯坦教授九十年前还说过什么吗？文明人类的命运比以往任何时候都更加依赖于它能够产生的道德力量。我想每个世纪人类都会面临一个决定命运的选择。对他来说，是原子弹。对我们来说，则是全球气候变暖。因此，从今天开始，我们都需要激发各种道德力量，迎接挑战。"

接下来发生的事震惊了马克斯。

显然，一些媒体正在网上直播她的讲话。要么是这样，要么是里奥在努力传播马克斯简短但震撼的讲话。

因为，当她回去填"清凉屋顶"活动的申请时，她电脑上的新闻全是孩子们带着自制的抗议标语走上街的画面，老师和父母也陪着他们。数百万个人的声音汇聚成一首响亮的大合唱。这不仅仅发生在美国，巴西、日本、韩国、肯尼亚，甚至俄罗斯都有抗议活动。

接着，另一个惊喜出现了：一队经过认证的纽约"清凉屋顶"承包商出现在马厩，登上马克斯的屋顶，继续完成她、肯尼迪和其他人没有完成的工作。

"我们听到了你说的话，马克斯，"主要承包商告诉她，"当你引用你爷爷阿尔伯特·爱因斯坦的话时。"

"他不是我爷爷。"

"好的，你的曾祖父。随便啦，那家伙是对的。我们来这里是为了产生一点道德力量。其实，我们完成你这里的工作后，会去隔壁做相同的事情，免费的。这就是你所说的一些道德力量的作用，怎么样？"

马克斯在地球日的剩余时间内，与承包商以及他的工作人员一起待在小区的屋顶上。在粉刷的间隙，她看了看手机。

看到这么多年轻人聚集在一起，喊着口号，举着标语，她很激动。

"你们正在摧毁我们的未来！"许多横幅和标语牌上都用红字写着。

还有人宣称，我们的房子着火了！气候在变化，为什么我们没有？气候变化比家庭作业更可怕。

但马克斯最喜欢的还是那句话：这是我们的未来。

未来绝对是值得为之奋斗的东西。

即使马克斯也暗自渴望跳过未来，这样就可以回到过去。

讽刺的是，伊万诺维奇博士，世界头号全球气候变暖暴发户，在看到气候变化行动和抗议席卷全球时，情绪有点崩溃。

两颗钻石在他握紧的拳头里咔嗒作响，看着指挥中心的屏幕上除了积极的帖子，什么也没有。

"尼古拉？"他大声问，"为什么俄罗斯网络大队和互联网研究机构的巨头对这些愚蠢的孩子和他们可笑的行为发出了如此热情的评论？"

"我不能百分之百肯定，伊万诺维奇博士。"

"那你猜，尼古拉！你猜是为什么？"

尼古拉艰难地咽了口唾沫。"据我估计，我们的机器人似乎已经被……也许……被一支更强大的高度复杂的机器人破坏者控制了。"

"或者只有一个。"他们身后传来一个声音。

里奥，那个令人讨厌的长着一张娃娃脸的机器人，走进了指挥控制中心。

他不是一个人来的。

一小队军事突击队员身着黑衣，携带着多种致命武器，在咧嘴笑着的机器人后面冲进房间。

"这是我的朋友，查尔和伊莎贝尔，"里奥平静地

说，"我给他们发了求救信号，他们来救我了。我相信，其他人是他们的朋友。"

查尔和伊莎贝尔走上前，他们的武器随意地挂在胸前。他们身后的七名目光坚毅的突击队员都举起了武器。他们中的大多数人都在伊万诺维奇博士手下受过训练。一把枪对准了尼古拉。

"我们已经把你的助手弗拉德藏在我们的一架直升机里了。"伊莎贝尔说。

"其他的这些女士们和先生们，"查尔说，"都是摩萨德的成员，是我们以前在以色列情报局的同事。"

"我们曾经和他们一起工作，"伊莎贝尔补充道，"直到本雇我们来保护那些 CMI 的孩子。但后来，好了，有人对本的银行账户做了手脚……"

"是伊万诺维奇博士干的，"里奥说，"我可以给你看数据……"

伊莎贝尔耸了耸肩。"也许以后吧，里奥。总之，当我们收到里奥的求救信号时——顺便说一下，他使用全球定位系统来确定他的准确位置——我们打电话给摩萨德的老朋友和同事，然后决定一起来找你。"

"当你退休的时候，你必须努力让自己保持忙碌。"

查尔说。

伊万诺维奇博士气炸了。"你们竟敢这样闯进我的家！"

"这是你家？"伊莎贝尔说着，吹了声口哨，"我印象很深刻，这栋城堡里有多少个房间？一百个？两百个？"

"我要求你们放下武器离开，否则我将召唤当地政府。"

查尔摇了摇头。"不，那是行不通的。我们已经和他们谈过了。他们说你就像这个星球——太过火热了。"

"尤其是自从你雇来刺杀马克斯的杀手帕维尔·扎哈尔·维克托维奇招供以来，"摩萨德小组的一名成员说，"事实上，'头骨'告诉了我们一切。"

"哈哈！"伊万诺维奇博士笑了，"你绝对没有办法把这个所谓的杀手和我联系起来。"

"事实上，"里奥说，"在我连接到你的高速以太网后，我就能访问你所有的加密通信线路了，我收集了一系列证据，证明了你和这个被称为'头骨'的男人有雇佣关系。虽然他有一个奇怪的、不光彩的绰号，但他已经承认了犯罪未遂。现在，多亏我挖掘的数据，我们已经有足够的书面证据起诉你在以色列这个主权国家中的几项雇用谋杀未遂罪。"

"这是特拉维夫的法官在签发对你的逮捕令和引渡令时所说的话，"查尔说，"你在克里姆林宫的朋友呢？他们不再那么友好了，博士。哦，对了。他们想要你的钻石。他们计划把钻石放在法贝热博物馆里，和那些帝国彩蛋放在一起展示。"

伊万诺维奇博士在转椅上转过身来，怒视着里奥。

"卡普兰女士在哪里？我需要和她谈谈。"

"她已经谈过了，"伊莎贝尔说，"和我们。所以她要回以色列，她说她想为自己的罪行赎罪，接下来的一两年她可能会在牢房里做这件事。"

伊万诺维奇博士怒火中烧。"你这样对我！"他厉声斥责里奥，"我就应该在你到达我装卸码头的那一刻把你扔进垃圾堆里。我应该用垃圾压实机把你碾碎！"

"是的，"里奥得意地笑着说，"也许你应该这样做。但是，很遗憾，你没有。因为，你看，伊万诺维奇博士，我最初被'公司'设计为相当邪恶和卑鄙的机器人。事实上，我最初的目的是和马克斯合作开发一种革命性的新型量子计算机，'公司'让我尽可能地向马克斯学习。简而言之，他们最初把我创造成了一个间谍机器人，也就是一个间谍。"

"所以你在暗中监视我。"

"一点都不错，先生！我的朋友克劳斯，在他波兰的家中远程工作，能够接入并重新启动我难以置信的间谍功能和软件。伊万诺维奇博士，这是我的编码中固有的东西，并不只是针对你的。但不幸的是，你完蛋了。"

然后里奥咯咯地笑了。

第二十章　地球日活动圆满结束

地球日的活动在纽约结束了，马克斯感觉棒极了。
她也有点胳膊痛。

她和她的朋友们——新朋友和老朋友——已经在
附近的六个屋顶上涂了白色反光油漆。没有任何冒牌
建筑检查员或冒牌警官再出现在他们面前，给他们带
来任何麻烦。全球年轻人都站了出来，他们向全世界
展示了他们顽强的乐观主义，认为明天会变得更好。

马克斯想，要是每天都能像今年的地球日一样就
好了，所有人都在一小步一小步地前进，最终他们一
定会带来全球气候变暖的大逆转。

这是一个开始。

今天，这已经足够好了。

CMI 可能会解散，但世界各地的孩子们已经成为新的变革者。如果运气好的话，他们会继续尽其所能，教老一代人如何去做，因为每个人内心深处都知道是非对错。伤害过地球的人应该帮助拯救它。

正如阿尔伯特·爱因斯坦所说，文明人类的命运比以往任何时候都更依赖于它所能产生的道德力量。

"嗯，先生，"马克斯大声说，"今天我们产生了各种各样的道德力量。你是对的。即使是最小的粒子或人也能产生如此多的能量，真是令人惊讶。"

她举起一杯起泡的棕色苏打水。

"为光速的平方干杯！"

这时候，阿尔伯特·爱因斯坦出现在马克斯的房间里。

真正的阿尔伯特·爱因斯坦。

"你好，多萝西。"这位头发蓬乱的教授穿着柔软的开衫毛衣和宽松的裤子，他的身影像一个没有足够无线信号的视频一样闪烁着。

这不是她想象中的爱因斯坦。马克斯多年来一直把她想象成祖父般的伙伴。她很少在任何地方看到爱因斯坦，除了在她以前放在破旧手提箱里的照片。

这不是幻觉，是吗？

那个想象中的爱因斯坦总是叫她马克斯，而不是多萝西。多萝西是 1921 年在新泽西州普林斯顿失踪的那个蹒跚学步的小女孩的名字。她根据一些资料发现，当时她的父母正在研究基于爱因斯坦相对论的时空旅行装置。

阿尔伯特·爱因斯坦的形象似乎已经定型。他抚平了毛衣，拍了拍自己的肚子。

"是的，我就在这里了，这很了不起。"

马克斯惊得说不出话来，但是她尝试了一下。"你是……你?"

"哦，是的。正如你是你。当然，我们对物理现实的概念永远不可能是最终的。我想所有的物理学都是一种尝试，试图从概念上把握现实，将其视为独立于被观察的事物。从这个意义上讲，我们称之为'物理现实'。"

哦，是的，马克斯想，这是个复杂的、令人费解的回答。他就是他，他是阿尔伯特·爱因斯坦。

"怎么会……怎么会……"

"啊，怎么会，我最喜欢的问题。"

爱因斯坦拉过一把椅子，坐下来，跷着二郎腿。

他没有在座位上飘忽不定，他不是一个幽灵，他是真实的。

"我将试着解释，多萝西。感谢你极其聪明的父母——苏珊和蒂莫西，我穿越时空，从 1934 年来到了你认为的现在。"

"1934 年？"马克斯说，"但是，如果我听说的是真的，我在 1921 年就从普林斯顿消失了。这相差了十三年！"

"是啊。你的数学学得很好。我知道你很聪明，多萝西。或许你是个天才，有苏珊和蒂莫西这样聪明的父母，你怎么可能不聪明呢？你看，我亲爱的小朋友，在第一次实验后，你的父母花了十三年的时间从错误中吸取教训，调整方法，建立新设备，并重新尝试。还有，正如你可能会怀疑的那样，在这几年中，他们也一直十分悲痛。他们非常想念你，多萝西。他们放弃科学研究整整五年，因为他们无法原谅自己在 1921 年的所作所为。"

"他们想念我？"

"就像太阳想念早晨的天空。所以我鼓励他们再试一次，不是在普林斯顿，不，那栋房子里有太多回忆

了。都是些不好的、可怕的回忆。在我帮忙组织的几
个非常慷慨的资金支持者的赞助下，苏珊和蒂莫西在
曼哈顿西区一些废弃的马厩中建立了一个新的实验室。

"什么？他们在这里建了实验室？就在我最后蜗居
的地方？这不可能。"

爱因斯坦耸了耸肩。"不可能？什么不可能？相
反，让我们把它称之为命运。"

马克斯抬起她困惑的眉毛。

爱因斯坦说："尽管我是个老顽固，但我仍然拒
绝相信上帝在宇宙中玩骰子。这个世界肯定有某种
秩序。"

马克斯有点反胃。

她几乎不敢问下一个问题。

但她深吸一口气，问道："先生，虽然我很荣幸能
和您说话，我是说，您是我的偶像……"

爱因斯坦脸红了，他微微鞠躬。"谢谢，谢谢你。"

"但为什么我的父母没有从 1934 年穿越时空来见
我呢？他们为什么派你来？"

爱因斯坦笑了，他的眼睛闪烁着狡黠的光芒。马
克斯一直想象着他的眼睛在那里闪烁。

"因为，多萝西，我坚持要先走。我是那个，你叫它什么来着？豚鼠。毕竟，你父母的工作是基于我的理论。如果那些理论性的思想实验被证明是错误的，是我误导了他们的话，那我才应该是那个永远被困在时空连续体中的人。但是不要担心，只要我向他们保证这确实是可能的，他们就会来到这个时空。"

爱因斯坦的身影又开始闪烁了。

"啊！这种空间和时间的跨越仅限于如此短的间隔。一个飞跃，一个暂时的交叉点，然后回到过去，在那里我们的存在更加牢固。"

又是一阵噼啪声，接着是椅子转动的嘎吱声，爱因斯坦的整个身体都晃动了。

"你的父母会来的，"他说着，站了起来，"今天晚些时候，午夜之前。"

"当真？"马克斯兴奋地说。

"哦，是的。今天是 4 月 22 日，不是吗？"

马克斯点了点头。

"神童，你可能从来不知道，多萝西，今天，4 月 22 日，是你的生日。"

知道这一点后，马克斯几乎喘不过气。她有生日

吗？她当然有，但她从来不知道是什么时候，她从来
没有过生日聚会。

爱因斯坦开始消逝。

"我很想留下来多聊一会儿，多萝西，但是我的
时间到了。你的父母马上就要来了。你猜怎么着，多
萝西？"

"什么？"

"他们会给你带来生日蛋糕。"

开始你的
冒险

虽然马克斯的冒险可能已经结束了，但你可以通过这些活动重新体验书中的时刻，并开始你自己的阅读冒险。让我们开始吧！

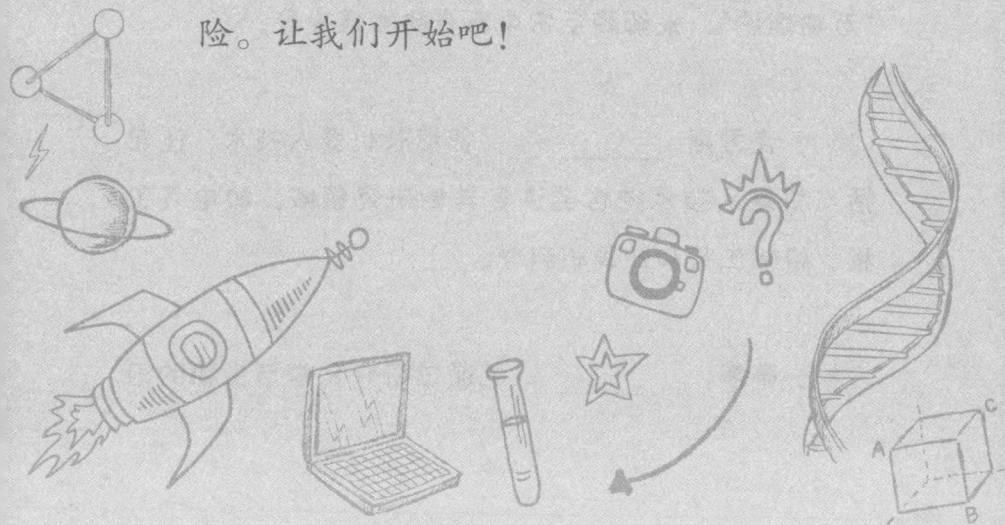

动动脑！

在马克斯拯救地球的行动中，同样也离不开其他小伙伴的努力与奉献，只有大家齐心协力，才能取得最后的胜利。请你说出以下团队成员的身份。

🌼 1. 西沃恩，_____，她把地球看作一个病人，通过科学检查可以诊断出疾病并治愈。她希望有一天能够预测地震、飓风和洪水等重大灾害。

🌼 2. 托马，_____，他痴迷于天体的本质，以及这项研究如何影响对黑洞、暗物质和虫洞的理解。

🌼 3. 维哈恩，_____，他希望有一天能研究出"万物理论"，来解释宇宙中所有的物理现象。

🌼 4. 克劳斯，_____，他擅长机器人技术，还包括与机器人技术结合的许多其他研究领域，如电气工程、机械工程和计算机科学。

🌼 5. 蒂莎，_____，她通过研究化学与生物的组成部分之间的关系，来研究生物是如何生存的，以及他们是如何形成的。

✿ 6. 安妮卡，_____，她认为形式逻辑是一种科学，尽管它不是建立在观察、经验和数据的基础上。

✿ 7. 阿列克谢，_____，他会说七种不同国家的语言，能读十四种不同语言的书，同时也是一个作家。

✿ 8. 安娜，_____，热衷研究品牌管理和品牌资产最大化，视频账号内容非常好。

答案：
1. 地球科学家。 2. 天体物理学家。 3. 量子力学家。 4. 机器人专家。
5. 生物化学家。 6. 逻辑学家。 7. 八关人关作家。 8. 营销天才

动动手！
你能用香蕉吹大气球吗？

　　克劳斯爱吃各种各样的食物，他也很爱吃香蕉。你见过棕色的香蕉吗？也许是你忘记吃了，也许是香蕉在橱柜上放了太久。随着香蕉的过度成熟，它会开始腐烂，细菌就会成群结队地跑到香蕉上。当然，细菌是一种微生物，肉眼看不见。但它们确实就待在那儿，通过吞食剩余的香蕉不断进行繁殖。

　　猜猜接下来会发生什么？腐烂的香蕉会释放气体，可以让气球膨胀起来！在你完成这个实验后，你可以试着用其他熟过头的水果来进行挑战，看看它们是否会产生同样的结果。

实验概述
　　在这个实验中，你将看到当香蕉慢慢发生腐烂，散发的气体能够使气球膨胀。你虽然看不到散发气体的过程，但能明显看到气球在不断膨胀。

实验材料
★一根熟透了的香蕉

★一个碗

★一个小口径的塑料瓶或玻璃瓶

★未充气的气球

实验过程

1. 剥掉香蕉皮，把香蕉放进碗里，用叉子将香蕉捣成泥。

2. 小心地把香蕉泥舀进瓶子里。

3. 用气球罩住瓶口。

4. 把瓶子放在一个温暖的、阳光充足的地方，观察几天。

5. 每天测量气球的大小，以此了解香蕉腐烂的进程。

科学问答

★气球为什么会膨胀？

_____

★香蕉怎么了？

_____

★气球花了多长时间才开始膨胀？

_____

后续

完成上述步骤后，再找一些其他的水果（比如苹果、橘子、葡萄、甜瓜），然后重复这个实验。你可以通过比较气球的膨胀速度，确定哪种水果腐烂得最快。

清洁工作

一定要在水槽附近或者户外开展这个实验的清理工作。因为味道会很臭的！在重新开始实验之前，把所有的材料都扔掉。

选出正确答案！

相信你已经看完这本书了，那你准备好接受挑战了吗？请做一下下面这几道题，然后选出正确答案吧！

★ **1.** 新加入团队的营销天才叫什么名字？

A. 哈娜

B. 安娜

C. 安妮卡

D. 西沃恩

★ **2.** "公司"倒闭后，又有谁想瓦解马克斯的团队？

A. 齐姆博士

B. 伊万诺维奇博士

C. 维哈恩

D. 克劳斯

???

★ **3.** 在本书中，新加入团队的男孩叫什么名字？

A. 托马

B. 基托

C. 维哈恩

D. 阿列克谢

4. 变革者协会的总部在哪儿？

A. 纽约

B. 伦敦

C. 耶路撒冷

D. 洛杉矶

5. 马克斯的原名叫什么？

A. 朱迪

B. 多萝西

C. 珍妮

D. 杰西卡

6. 在本书中，谁接替了马克斯的位置，成为新的团队负责人？

A. 本

B. 克劳斯

C. 安娜

D. 阿列克谢

7. 在耶路撒冷的总部，本给大家做演讲时，阿列克谢和马克斯先后溜出了礼堂，随后他们便遇到了袭击，那个人手里拿的武器是什么？

A. 长剑

B. 手枪

C. 保加利亚伞

D. 长棍

8. 马克斯和阿列克谢溜出礼堂遇到袭击后，他们躲到了哪里？

A. 杂物间

B. 会议室

C. 冷藏室

D. 厨房

9. 在本书中，本遭遇了什么困难？

A. 患病

B. 破产

C. 车祸

D. 继承遗产

10. 最后，各自回家的团队成员选择在哪一天举行地球日活动？

A. 4 月 22 日

B. 5 月 21 日

C. 10 月 1 日

D. 12 月 12 日

讲故事的人

　　在本书中，马克斯的团队的小伙伴们之间发生了各种各样的小故事，他们之间的友情令我们感动。书本前的你肯定也有自己的好朋友，请讲述发生在你和你的朋友之间的一件难忘的故事吧！写在下方的横线处。

_____

_____

_____

_____

_____

_____

_____

_____

_____

_____

☆摩擦力

定义：相互接触的两物体在接触面上发生的阻碍两者相对滑动或相对滑动趋势的力。

拓展：当物体间有相对滑动的趋势但尚无相对滑动时，作用在物体上的摩擦力称"静摩擦力"。静摩擦力方向与使两物体发生相对滑动趋势的主动力方向相反，它的大小与该主动力相同，并随主动力的增大而增加。当主动力加大到物体即将开始相对滑动时，静摩擦力达到最大值，称"最大静摩擦力"（或称"启动摩擦力"）。

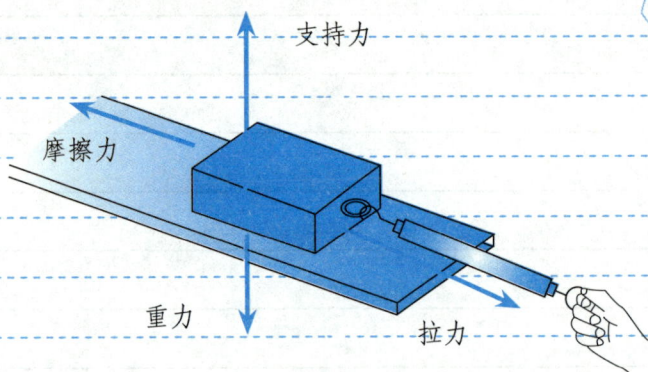

支持力

摩擦力

重力

拉力

🚗太阳能

定义：来自太阳的辐射能量。

拓展：太阳每年投射到地球表面的太阳能，相当于130万亿吨标准煤的发热量，是一种无污染的再生能源。可通过热的形式、光合作用产生有机化学能的形式、水能的形式、风能的形式以及光电转换的形式来加以利用。太阳能的直接利用有光热转换和光电转换两种基本形式，前者将太阳能转换成热能，用于加热水、空气和物料以及烘干、海水淡化、住宅的供热等，还可进行太阳能热力发电；后者通过太阳能电池将光能直接转换成电能，作为宇航设备、航标灯和铁道车站信号的电源等。

有机化合物

定义：简称"有机物"，亦称"有机分子"。含碳化合物（一氧化碳、二氧化碳、碳酸盐、碳化钙和氢氰酸等简单的含碳化合物除外）的总称，泛指碳氢化合物及其衍生物（即基本碳骨架不变，在侧链或取代基、官能团有所不同的新化合物）。

拓展：有机化合物因曾被认为只在动植物机体内存在而得名。早期明确结构的有机化合物均由动植物体分离纯化而得，但现代绝大多数有机化合物可通过人工的有机合成手段而获得。数目多达几千万种，一般具有易挥发、较低的熔点和沸点、溶于有机溶剂、能燃烧等特性。按结构可分为开链化合物、碳环化合物和杂环化合物等；按所含官能团又可分为醇、醛、酮、醚、酸、酯等化合物。

🧪 原油

定义：从油井中取得的未经加工的石油，为石油的基本类型，储存在地下储集层内，在常压条件下呈液态。

拓展：原油中也包括一小部分液态的非烃组分。经炼制可得汽油、煤油、柴油、润滑油、固体石蜡及沥青等产品，也是制造溶剂、塑料、合成橡胶、合成纤维等的原料。

🪐 水力压裂

定义：利用液体传递压力在地下岩层中形成人工裂缝的过程，又称水力劈裂或水压致裂。

入口
1. 水
2. 化学物质
3. 支撑剂

出口
1. 钻井废液
2. 页岩气
3. 返排废水

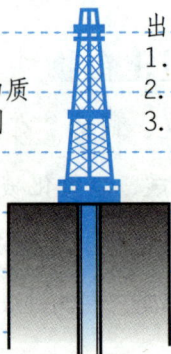

拓展：水力压裂技术属于油气的储层改造技术，最初用于油田生产，大大增加了油气的可采储量。

☢ 潮汐

定义：任一天体在其他天体引潮力作用下产生形变或长周期波动的现象。

拓展：地球除固体本体外，还有海洋和大气圈，故有固体潮汐、海洋潮汐和大气潮汐三类。前者是地球本体的一种变形现象，后两者则为复杂的长波运动。

🔲 温室效应

定义：透光覆盖物对温室内小气候的增温保暖作用。

拓展：透光覆盖物多采用玻璃或塑料薄膜，增暖保温的原因：（1）透光覆盖物能令太阳的短波辐射通过，阻止温室内地面和植物发散的长波辐射透出；（2）温室内热量难以向室外散逸；（3）温室内水汽在透光覆盖物内侧遇冷凝结放热；（4）温室内二氧化碳、甲烷浓度增高时，有增温效应。

农业生产上，薄膜育秧，薄膜覆盖防霜，温室种花、菜、瓜、果，以及温室饲养禽畜等，都是温室效应的实际应用。

🧲 凝结

定义：蒸汽转变为液态的过程。

拓展：凝结时放出热量（汽化热）。降低蒸汽的温度或增加其压强（到饱和蒸汽压），可使其凝结。如蒸汽中已有液体存在，凝结常在其表面发生；没有液体时，则常以凝结核（如尘埃等）为中心凝聚成液滴。

◁ 城市热岛

定义：城市地区的气温高于周边郊区的现象。

拓展：形成的原因很多，包括城市下垫面和道路的水泥沥青，具有较强贮热能力的建筑材质，城市植被覆盖率低，蒸发、蒸腾过程弱，城市能源使用、居民生活和交通工具等人为热排放。其状态并不稳定，在某些时段也可能出现城市地区气温低于郊区的现象，称"城市冷岛"。

MAX EINSTEIN: WORLD CHAMPIONS!

Copyright © Zero Point Ventures, LLC

Illustrations copyright © Hachette Book Group

This edition arranged with Kaplan/DeFiore Rights through Andrew Nurnberg Associates International Limited

著作权合同登记号：字 18-2024-319

图书在版编目（CIP）数据

天才少年爱因斯坦 . 4，冠军挑战赛 /（美）詹姆斯·帕特森，（美）克里斯·格拉本斯坦著 ；（美）杰伊·法巴雷斯绘 ；付添爵译 . -- 长沙 ：湖南少年儿童出版社，2025. 4. -- ISBN 978-7-5562-8168-8

Ⅰ . I712.84

中国国家版本馆 CIP 数据核字第 20250PH786 号

TIANCAI SHAONIAN AIYINSITAN 4 GUANJUN TIAOZHANSAI

天才少年爱因斯坦 4 冠军挑战赛

[美]詹姆斯·帕特森 [美]克里斯·格拉本斯坦 著
[美]杰伊·法巴雷斯 绘 付添爵 译

责任编辑：唐 凌 李 炜 　　策划出品：李 炜 张苗苗 文赛峰
策划编辑：文赛峰 　　　　　　特约编辑：杜天梦 卢 丽
营销编辑：付 佳 杨 朔 　　　版权支持：王媛媛
版式设计：马俊赢 　　　　　　封面设计：霍雨佳
排 版：金锋工作室

出 版 人：刘星保
出 版：湖南少年儿童出版社
地 址：湖南省长沙市晚报大道 89 号
邮 编：410016 　　　　　电 话：0731-82196320
常年法律顾问：湖南崇民律师事务所 柳成柱律师
经 销：新华书店
开 本：875 mm×1230 mm 1/32 　　印 刷：河北鹏润印刷有限公司
字 数：138 千字 　　　　　　印 张：8.5
版 次：2025 年 4 月第 1 版 　　印 次：2025 年 4 月第 1 次印刷
书 号：ISBN 978-7-5562-8168-8 　　定 价：32.00 元

若有质量问题，请致电质量监督电话：010-59096394 团购电话：010-59320018